MONIKA HELFER

DIE WELT DER UNORDNUNG

ROMAN

KAMPA

Die Originalausgabe erschien 2015 im Verlag Jung und Jung, Salzburg.

Für den Blick hinter die Verlagskulissen:
www.kampaverlag.ch/newsletter

KAMPA POCKET
DIE ERSTE KLIMANEUTRALE TASCHENBUCHREIHE
Gedruckt auf säurefreiem und chlorfrei gebleichtem Papier zur Unterstützung verantwortungsvoller Waldnutzung, zertifiziert durch das Forest Stewardship Council. Der Umschlag enthält kein Plastik. Kampa Pockets werden klimaneutral gedruckt, kampaverlag.ch/nachhaltig informiert über das unterstützte CO_2-Kompensationsprojekt.

Der Kampa Verlag wird in der Schweiz vom Bundesamt für Kultur mit einem Strukturbeitrag für die Jahre 2021–2024 unterstützt.

Veröffentlicht im März 2023 als Kampa Pocket

Covergestaltung: Lara Flues, Kampa Verlag
Covermotiv: © Millennium Images / Gallery Stock
Gesetzt aus der Minion Pro / 230140
Druck und Bindung: GGP Media GmbH, Pößneck
ISBN 978 3 311 15054 1

www.kampaverlag.ch

Friede und Unordnung

Das Buch der Weisheit 3, 1–3 – Die Seelen der Gerechten sind in Gottes Hand, und keine Qual kann sie berühren. In den Augen der Toren sind sie gestorben, ihr Heimgang gilt als Unglück, ihr Scheiden von uns als Vernichtung; sie aber sind in Frieden.

Es war einmal ein Baum, der stand mitten auf dem Friedhof. Es war eine Thuja, sie wuchs schmal und hoch, ihr Gefieder war dicht, ein Wichtelmann hätte in ihr wohnen können. Er hätte von Ast zu Ast klettern können wie Tarzan, hätte sich ein Häuschen bauen können mit einem kleinen Balkon und einem Leiterchen; nachts hätte er ein Feuerchen angezündet in seinem kleinen Herd, nur ein winzig dünner Rauch wäre aus dem Kamin gestiegen – das alles wäre den Friedhofsbesuchern unsichtbar geblieben.

Eines Tages aber hing im Geäst der Thuja ein totes Baby. Eine Frau hatte es gefunden, eine Schriftstellerin, die jeden Tag auf den Friedhof ging und manchmal in der Thuja Kerzen versteckte, wenn sie zu viele mitgebracht hatte und sie nicht nach Hause zurücktragen wollte. Das Baby war zusammengebunden und obendrein mit einem breiten braunen Klebstreifen umwickelt, es sah aus wie ein Rugbyball, war oval und war hart, und es hing tief unten, unter dem Versteck für die Kerzen. Ameisen und Käfer krabbelten darüber, auch Schneckenspuren waren zu erkennen.

Die Frau rief mit ihrem Handy die Polizei, sie wartete an Ort und Stelle. Die Beamtin fragte sie, ob sie psychologische Hilfe benötige. Die Frau sagte: »Nein.«

Vermisst

Das Polizeigebäude war erst vor kurzem renoviert worden. Es sah aus wie eine Heil- und Pflegeanstalt.

Ein Mädchen trat durch die Schwingtür, stellte sich vor die Frau dort und sagte: »Ich muss etwas Dringendes melden.«

»Wie heißt du?«, fragte die Frau. »Und wer schickt dich?«

»Ich heiße Samira und komme von allein.«

»Samira und weiter?«

»Zubromawi.«

Das Mädchen trug Jeans und ein kariertes Hemd, das ihr zu groß war. Ihre schwarzen Haare standen ab wie Antennen.

»Was willst du uns sagen?«, fragte die Frau hinter der Scheibe.

»Ich würde gern den Chef sprechen«, sagte das Mädchen.

Es wartete nicht ab, rannte durch den langen Flur, hörte die Frau hinter sich rufen, drückte eine Türklinke, irgendeine, und stand in einem Raum mit vier Polizisten. Ein fünfter Mann lehnte am Fenster und sah auf den Parkplatz hinunter. Er trug keine Uniform.

»Darf ich etwas sagen?«, fragte das Mädchen. Es redete laut und deutlich. Aber die Stimme zitterte ein wenig.

»Jeder darf«, sagte der Mann, der keine Uniform trug. »Was willst du sagen?«

»Ich muss eine Vermisstenanzeige melden«, antwortete das Mädchen.

Der Mann bat es in sein Büro. »Ich bin hier der Inspektor«, sagte er, »und Vermisstmeldungen nimmt meine Kollegin auf.« Er sah das Mädchen lange an. »Ich bin für das Böse zuständig«, sagte er. »Ich bin für das Verbrechen zuständig. Ich wäre lieber für die Vermissten zuständig. Obwohl auch das sehr traurig sein kann. Sehr traurig.«

Das Mädchen hielt seinem Blick stand, sagte aber nichts.

»Wen vermisst du?«, fragte der Mann. »Tun wir so, als wäre ich für die Vermissten zuständig. Das tu ich gern. Versuch, so klar wie möglich zu erzählen. Ich höre dir zu, wenn es nicht zu lange dauert, und dann bringe ich dich zu meiner Kollegin, und du antwortest auf ihre Fragen und erzählst alles noch einmal. Dann kannst du es besser, weil du es schon einmal gemacht hast. Willst du auch eine Cola?«

Er holte zwei Dosen aus dem Kühlschrank in der Ecke und öffnete sie. Das Mädchen trank und sah weiter in die Augen des Inspektors.

»Ich heiße Samira, und ich komme von allein.«

»Willst du jetzt erzählen?«, fragte der Inspektor.

Das Mädchen nickte und erzählte.

»Mein Bruder, der ist erst zehn Wochen alt, ist

verschwunden. Er hat noch keinen Namen, weil sich die Mama noch für keinen Namen entscheiden konnte. Wir nennen ihn jetzt noch Poppele. Er ist krank, weil meine Mama krank ist. Ich bin mit Poppele im Kinderwagen durch den Friedhof spaziert, das mach ich oft, da ist es so schön. Es ist ruhig. Eine Schulfreundin hat mir über die Mauer etwas zugerufen, und ich bin schnell zu ihr hin, ich hab Poppele im Kinderwagen stehenlassen. Die Schulfreundin hat gesagt, dass ihr Opa, der eigentlich schon gestorben ist, auf dem Mäuerchen gesessen war, nur jetzt, wie ich gekommen bin, ist er verschwunden. Sie hat es geschworen. Das tut sie sonst nicht. Sie ist nicht plemplem, sie ist ganz normal. Ich glaube so etwas sonst nicht, aber das habe ich geglaubt. Wir haben nicht lang geredet, ich hab ihr nur gesagt, dass sie einen Blödsinn erzählt, obwohl ich das gar nicht gedacht habe, aber ich habe es halt eben trotzdem gesagt, da war sie beleidigt, und ich bin wieder zurück zum Kinderwagen. Der aber war leer. Kein Poppele mehr in dem Wagen. Ich lupfte die Decke, da war nur die kleine Wärmflasche, die wie ein Herz aussieht. Kein Poppele in dem Wagen, nicht eine Spur vom Poppele. Ich bin in unsere Siedlung gerannt und hab den Wagen stehenlassen und hab alle Leute gefragt, die haben nichts gewusst. Meine Mama hat mich angebrüllt, und wir sind zurück zum Friedhof, beide miteinander, die Mama hat geheult, da war auch der Wagen nicht mehr da. Darum bin ich zur Polizei.«

Der Inspektor sagte: »Es ist gut, Samira. Es wird sicher alles gut. Sicher wird alles gut. Bestimmt wird alles gut.«

»Muss ich jetzt zu der Frau gehen von der Vermisstenanzeige?«, fragte das Mädchen.

»Nein, das musst du nicht«, sagte der Inspektor. »Das musst du nicht. Es wird bestimmt alles gut. Alles wird gut, Samira.«

»Das haben Sie schon gesagt«, sagte das Mädchen.

»Ich sag es so gern«, sagte der Inspektor. »Ich sage es manchmal einfach so. Stell dir vor, Samira, ich wach manchmal am Morgen auf und sage es. Nur weil ich es so gern sage.«

Alles wird gut, Inspektor!

Du musst dem nachgehen, du musst dir das alles anhören, denn du bist der Inspektor. Du musst aufklären. Du musst dir das ansehen. Aber es wird alles gut. Du musst nicht für immer bodenlos unglücklich sein. Du wirst unter dem Federngebirge liegen, da wird es an die Tür klopfen, und die Frau wird davorstehen. Sie wird behaupten, sie habe sich ausgesperrt, was nicht stimmt, aber du wirst es ihr glauben, und auch das mit ihren kalten Füßen wirst du ihr glauben. Du wirst sie einladen, unter dein Federngebirge zu kriechen, und ihr werdet es über alle Maßen gemütlich haben. Und die traurigen Gedanken werden verlöschen, und die traurigen Erinnerungen werden verlöschen, und die traurigen Bilder der Vergangenheit werden verlöschen, und die Bemühungen, die alle nicht fruchteten, werden verlöschen, der gute Wille, der Böses angerichtet hat, wird ebenso verlöschen. Wirst nicht hundertundvierzig Jahre leben wie Hiob und wirst nicht sehen Kinder und Kindeskinder bis in das vierte Glied. Aber alt sterben wirst du, Inspektor, und lebenssatt.

Aber noch ist es nicht so weit.

Die drei Könige

Samira hatte die drei schon durch das Küchenfenster gesehen. Sie war stark und stolz auf ihre Muskeln. Sie wohnte mit ihrer Mutter, mit Poppele und mit Hund im zweiten Stock. Sie wusste, heute galt der Besuch ihr.

Die drei trugen dunkles Leder an den Beinen, die Geschenke waren in den schwarzen Restmüllsäcken, die über ihren schwarzen Lederschultern hingen. Samira hatte die drei lieb, besonders den einen, der Wolf hieß und auf der Brust eine blaue Madonna tätowiert hatte, die er ihr zeigte, wann immer sie wollte, auch im Winter, wenn er erst umständlich die Lederjacke, den Pullover, das Hemd und das Unterhemd ausziehen musste. Außerdem hatte sie auch von seinem Blut, denn Wolf war ihr Onkel.

Die Nachbarn hatten die drei Männer ebenfalls durch ihre Fenster beobachtet und Mutmaßungen angestellt, als sie mit ihren schwarzen Säcken auf dem Rücken durch die Siedlung gegangen waren, mit ihren langen Schritten, Orang rechts und Utan links von Wolf, Zigaretten unter den scharf geschnittenen Oberlippenbärten, Wolf einen halben Schritt vor den anderen wie der Kaspar vor dem Melchior und dem Balthasar. Die Nachbarn wussten ja, dass Samira in diesen Tagen neun Jahre alt wurde. Die drei schwarzledernen Könige waren mit den gleichen Säcken vor drei Wochen gekommen, nach Poppeles Geburt, und vor einem halben Jahr, zu Weihnachten, waren sie auch gekommen und davor am Geburtstag von Samiras Mutter auch. Wer sonst trägt schon Geschenke in Restmüllsäcken?

Samira hatte jeden, den sie erreichen konnte, von ihrem Geburtstag in Kenntnis gesetzt. Damit noch weitere Geschenke dazu kämen. Auch hatte sie in harmlose Sätze eingewoben, was sie sich nicht wünschte: nämlich ein Rüschenkleid, auch wenn es noch so gut zu ihren Locken gepasst hätte. Sie wünschte sich einen Baseballschläger und eine Baseballkappe, könnten gebrauchte Sachen sein, wäre kein Problem.

Den Nachbarn waren die drei Könige gut bekannt. Sie kamen einmal in der Woche in die Siedlung, normalerweise ohne Restmüllsäcke auf dem Rücken. Sie blieben oft über Nacht. Sie waren höflich, grüßten jeden, ob schön oder hässlich, und halfen gern. Und sie brachten immer etwas mit. Zufällig war immer etwas in einer ihrer Taschen. Und immer etwas, was der Mann, die Frau, das Kind, die sie zufällig unten bei den Fahrrädern oder im Stiegenhaus oder im Lift trafen, brauchen konnten. Da waren, um Beispiele zu nennen: eine Zigarettenspitze mit eingelegten Glasdiamanten, eine echt vergoldete Brosche in Edelweißform für Frau Brederis, ein echter Schlangenlederstiefel aus Wyoming, zu gebrauchen als Briefbeschwerer, Verschiedenes zum Rauchen, in Silberpapier eingewickelt, selbst gemachte Pralinen, eine Drachenfrucht, über die in der Siedlung niemand etwas wusste, nicht einmal, ob man sie überhaupt essen kann. Jeder mochte die drei Könige gut leiden, das folgte daraus. Und die drei mochten gut leiden, dass man von ihnen als von den drei Königen sprach. Der Wolf sagte zwar, das sei kindisch und katholisch, die anderen beiden aber mochten es gern. Sie sagten zu Samira, die Menschen hier in der Siedlung seien die freundlichsten, die sie auf der ganzen Welt kennengelernt hätten. Das hieß einiges. Die beiden waren schon viel herumgekommen.

Einmal – das sollte ich Ihnen eigentlich nicht erzählen, Herr Inspektor – waren die drei Könige in einem Lieferwagen vorgefahren, hatten, Handkante auf den Klingelknöpfen, bei allen Parteien gleichzeitig geläutet und Olivenöl verteilt, in kleinen Flaschen zwar, aber frisch gepresst, 1a-Qualität. Nur das Ehepaar im 6. Stock, Tür 9, hatte abgelehnt. Wobei der Mann zögerte. »Nein, danke«, sagte die Frau. Das war in Ordnung, die wollten halt kein Olivenöl. Manche mögen Olivenöl, manche nicht. Wolf sagte: »Jeder hat das Recht, kein Olivenöl zu mögen.«

Herr Hellbock vom dritten Stock sagte: »Kann man für euch auch einmal etwas tun?« Da wurde ihm geantwortet: »Wenn die Zeit kommt.« Darüber hat er nachgedacht, und er hat es weitererzählt.

Da war er, auf den sie gewartet hatte. Und dann durfte sie ihm nicht einmal einen Kuss geben.

»Sag Samira, dass sie Poppele nehmen soll und spazieren gehen soll und auf keinen Fall vor einer Stunde zurückkommen soll«, rief die Mutter aus dem Schlafzimmer, und Wolf sagte: »Du sollst Poppele nehmen und spazieren gehen und auf keinen Fall vor einer Stunde zurückkommen.« Und als sie widersprechen wollte, sagte er: »Tus einfach.« Und als sie nicht aufgab, sagte er: »Und nimm Hund mit.«

»Hunde sind auf dem Friedhof verboten«, sagte sie.

»Dann geh irgendwo anders spazieren«, sagte Wolf. »Nur schau, dass du endlich rauskommst!«

»Wo denn?«, fragte Samira. »Ich will nicht mit dem Kinderwagen in der Siedlung herumgehen.«

»Dann lass Hund da«, sagte Wolf, »und geh zum Friedhof.«

Das Messer

Auf dem Friedhof traf Samira die Schriftstellerin, die an diesem Tag das Grab ihrer Tochter schmückte.

»Warum zündest du so viele Kerzen an?«, fragte Samira.

»Weil sie heute Geburtstag hätte«, sagte die Schriftstellerin.

Da waren bunte Laternen, nicht schwarze wie sonst überall, sondern bunte, wie für ein spätes Sommerfest. Schwere rohe Steine umgrenzten den Erdhügel, Efeu wuchs, Eidechsen aus Plastik schlängelten sich darin. Das Bild am Kreuz zeigte eine junge Frau mit einem Tuch um den Kopf und einer Zigarette im Mund. Sie war die einzige Tote auf dem Friedhof, die rauchte. Einmal war ein Mann vor dem Grab gestanden und hatte einen Bleistift in die Erde gedrückt.

»Ich habe heute auch Geburtstag«, sagte Samira.

Da schenkte ihr die Schriftstellerin eine Kerze. Samira fragte nach dem Feuerzeug, zündete sie an und stellte sie zu den anderen aufs Grab. »Ich kann leider gar nichts mit einer Kerze anfangen«, sagte sie.

»Was kann ich dir sonst schenken?«, fragte die Schriftstellerin.

»Ich weiß nicht«, sagte Samira.

»Ich weiß eben auch nicht«, sagte die Schriftstellerin. Sie machte ein verzagtes Gesicht, sodass sie Samira leidtat. Die Schriftstellerin hielt ein Messer in der Hand. Damit hatte sie die Rosen geschnitten.

»Das Messer?«, fragte Samira. Es war wirklich sonst nichts da, was ihr die Schriftstellerin hätte schenken können.

Aber die Schriftstellerin sagte: »Nein, das Messer gebe ich nicht her.«

Talent zur Tragödie

Swini, Inspektor, hatte Talent zur Tragödie, aber er spielte darin keine Hauptrolle. Die Armen, die Elenden, die Opfer waren immer Kinder.

So färbte Samiras Geschichte das letzte Jahr vor seiner Pensionierung ein: dunkel. Die Geschichte bedrückte ihn, sodass seine Gesundheit litt und er viel Zeit im Bett verbringen musste. Der Schlaf überschwemmte ihn. Das Ende der Nacht bekam er kaum zu Gesicht. Die Haut juckte, er knipste das Licht an, suchte nach kleinen Tierchen auf dem Leintuch, aber da war nichts. Warum bin ich so einsam, fragte er sich, wenn ich mit Menschen zusammen bin? Allein fühle ich mich zu zweit. Ich bin mein bester Freund.

Klingelte jemand an der Tür, stellte er sich tot. Einmal drang eine Kollegin gewaltsam in seine Wohnung ein. Sie hatte befürchtet, er würde nicht mehr leben. Aus der peinlichen Angelegenheit wurde dann eine lustige, mit Gin und abgelaufenen Nüssen. Hinter seinem Rücken redeten sie. Die jungen Kollegen fühlten sich in seiner Gegenwart nicht wohl. Sie erinnerten sich an den Fall mit den beiden Romakindern, die erschossen aufgefunden worden waren. Swini hatte einen der mutmaßlichen Täter verhört. Daraufhin war ihm der Fall entzogen worden. Um ihn vor sich selbst zu schützen. Was immer das auch heißen mochte.

Irgendwann war auch Swini zehn Jahre alt gewesen, und da kam er von der Schule, ging auf dem Weg am Wasser entlang. Es war Winter, er trug seine derben Schuhe, seine Wollmütze, die verfilzten Fäustlinge und den weichen Anorak. Nach einem Streit mit seinem einzigen Freund war er allein auf dem Nachhauseweg. Sie waren sich nicht einig gewesen, wer größer sei, der Tiger oder der Panther. Beleidigt hatten sie sich getrennt. Swini nahm den Umweg über die Seepromenade. Beim Fischersteg sah er ein Mädchen, das balancierte auf dem Mäuerchen sehr graziös, bei jedem Schritt hob es ein Bein und streckte es durch. Gerade hatte er sich noch gedacht, dass er sich das nicht trauen würde, weil es rutschig war, da fiel das Mädchen ins Wasser, so elegant, wie es balanciert war. Swini sah sich um, er war der einzige, und er musste der Retter sein. Er konnte schwimmen, er zog auch seine Schuhe aus, aber mehr nicht, er traute sich nicht, es war Februar. Als er wieder aufs Wasser schaute, war von dem Mädchen nichts mehr zu sehen, und keine Bewegung war mehr, alles glatt. Er lief nach Hause. Kein Wort sagte er über den Vorfall. Am nächsten Tag erzählte man sich, ein Mädchen sei ertrunken, da war er verzweifelt und wusste, er konnte niemandem von seiner Schuld erzählen.

Lief dann im Leben umher, hatte viel Magenweh und ein graues Gesicht. Sah kaum den Frauen nach. Eine gefiel ihm am Vormittag, sie stand gerade im Morgenlicht und ihre Haare schillerten. Klaudia war Anfang zwanzig. Die Affäre weitete sich aus. Sie klebt ein bisschen, dachte er, sie sagte, sie sei schwanger, da bekam er die Panik. Niemals könnte er ein Kind haben, jetzt nicht, erst wollte er in den Beruf einsteigen, das Zepter seines Vaters übernehmen, der ein Inspektor war. »Nein«, sagte er zu Klaudia, »ich bin der Falsche.« Klaudia ließ sich an einen anderen Posten versetzen. Swini arbeitete an seiner Karriere, bis zum Inspektor lagen noch etliche Steine.

Er wusste nicht, hatte Klaudia abgetrieben oder hatte sie nicht. Nach einem halben Jahr sah er sie zufällig und starrte auf ihren uniformierten Bauch. Sie war Verkehrspolizistin und stand schmuck auf einer Verkehrsinsel, die weichen hellbraunen Haare zu einem Schwanz gebunden. Also kein Kind, was für eine Erleichterung.

Und doch: keine Erleichterung, nur ein Aufschub. Jahrelang verfolgte ihn dieses Kind, das nie eines geworden war. Er ertappte sich dabei, dass er es Merle nannte, wie eine Figur aus einem Kinderbuch. Merle war ein mutiges Mädchen, das allein zurechtkam, ohne Vater, ohne Mutter.

Merle wäre jetzt erwachsen, eine Meeresbiologin

vielleicht. Hätte vielleicht selber eine Tochter inzwischen. Wenn sie früh angefangen hätte, wäre sich eine wie Samira ausgegangen.

Durchs Schlüsselloch

Durchs Schlüsselloch sah Samira nicht viel. Sie kniete sich nieder, da war sie wieder zu klein, ging in die halbe Hocke, da war sie wieder zu groß, das war anstrengend. Es glitzerte im Zimmer. Bitte, dachte sie, keine Lampe, die wie eine Katze aussieht. Das wäre typisch für die Mama gewesen.

Der Spaziergang durch den Friedhof hatte Poppele nicht beruhigen können. Poppele weinte. Hund schnuffelte an Samiras Füßen. Sie gab Hund einen Hieb und hob Poppele auf, wiegte es in ihren Armen, flüsterte ihm Unsinn ins Öhrchen, trug es zum Schlüsselloch. Es glitzerte immer noch. Keine Boxhandschuhe. Kein Baseballschläger.

Poppele war drogensüchtig. Samira wusste das. Sie suchte den Schnuller, fand ihn nicht. Fand ihn aber doch. Zerbissen von Hund. »Hund«, schrie sie, »ich hasse dich!« Wieder gab sie ihm einen Hieb. Hund war das gewohnt.

In ihrem Zimmer waren die Mama, Onkel Wolf, auch die beiden Freunde sah sie durchs Schlüsselloch. Sie wollen mich beschenken, weil ich ihnen das Liebste bin. Lange danach nichts, dann Poppele, das jedem auf die Nerven ging. Dann Hund, der Wächter, der einfach nur da zu sein hatte. Samira steckte Poppele ihren dünnen Mittelfinger ins Mundloch.

Ein Finger war Poppele zu wenig, da gab sie einen zweiten dazu. Aus Poppeles Gesicht roch es nach Kotze.

Die Tür flog auf.

Wolf sagte: »Du sollst nicht spionieren, Teufel, hörst du, hast erst nach Mitternacht Geburtstag! Gib dem Wolf einen Kuss!«

Samira küsste Wolfs schwarze Lederhose, die nach Rauch roch.

»Und jetzt lass uns in Ruhe«, sagte Wolf. »Wenn du noch einmal durchs Schlüsselloch schaust, stech ich dir die Augen aus.« Und weg war er. Schloss die Tür hinter sich ab.

Samira legte Poppele neben Hund. Sie stieg auf einen Küchenstuhl und befestigte das Netz an der Decke. Das Netz war ein Behelf von der Krankenkasse. Da kam das Kindchen hinein, da würde es weich sein und schaukeln, und seine Schmerzen würden einschlafen. Das Gesicht war nass von Hund. Hund hob den Kopf und machte elende Schlitzaugen. Da nahm Samira Poppele aus dem Netz und legte es wieder auf die Decke.

Wenn der Inspektor erzählt

Es war einmal eine Prinzessin, die lebte in einer Kartoffel. Sie wartete vor der Kartoffel, und als niemand kam, machte sie sich auf den Weg, jemanden zu suchen. Mich fand sie. Ich solle doch zu ihr kommen, sagte sie, in ihr Haus. Aber, sagte ich, das geht doch nicht, schau mich an, wie könnte ich je in eine Kartoffel hineinkriechen? Ich solle es versuchen, sagte die Prinzessin. Ich machte mich klein und kroch in die Kartoffel. Die Prinzessin führte mich durch die Eingangshalle, es war dunkel, aber sie sagte, hier sei es hell im Vergleich zu den anderen Räumen. Nachdem sich meine Augen an die Dunkelheit gewöhnt hatten, sah ich an den Wänden Menschen hängen, sie atmeten schwer. Die Prinzessin zeigte mir ein Zimmer nach dem anderen. In jedem wurden Menschen gequält. Sie hatten es verdient. Sie hatten Böses getan in ihrem Leben. Eine heitere Stimmung herrschte. Die Gequälten unterhielten sich mit ihren Häschern. Sie berichteten über ihre Schmerzen. Alles wurde in Listen eingetragen. Die Prinzessin verteilte Sterne. Ich sah in ihrem Gesicht, dass sie ein guter Mensch war. Ich sagte, ich muss jetzt gehen. Draußen auf der Straße war mir klar, dass ich träumte. Wie kann es sein, dachte ich, dass sich Gequälte mit ihren Häschern über ihre Schmerzen unterhalten? Als wären sie Wissenschaftler, die Gequälten und die Häscher. Mir wurde bewusst, dass ich das Wort »Häscher« im wachen Zustand noch nie gedacht hatte. Ich versuchte zu pfeifen. Es war, als müsste ich mit den Lippen Fliegen fangen.

Jesus Sirach 22,6 – Wie Musik zur Trauer ist eine Rede zur falschen Zeit, Schläge und Zucht aber zeugen stets von Weisheit.

Der Inspektor erwachte vom Geheul auf der Straße. Er meinte, es seien Wölfe. Er riss eine Tüte Studentenfutter auf, kaute Nüsse und Rosinen. Er war ohne Trost. Er öffnete das Fenster, das Heulen war nahe. Es gibt keine Wölfe in der Stadt. Elvira hatte gesagt, wenn er eine Bibelstelle nicht gleich verstehe, solle er nicht die Sätze vor der Stelle und die Sätze nach der Stelle lesen. Nur der eine Satz gilt.

Jesus Sirach 22,9 – Wer einen Toren belehrt, leimt Scherben zusammen, er sucht einen Schlafenden aus tiefem Schlummer zu wecken.

Kochen mit Orang

Wolf hatte versprochen, dass nicht eine Sekunde vom Geburtstag verschenkt werden würde. Jedenfalls nicht vom Anfang, und der Anfang war ja das Spannendste. Darum durfte Samira bis nach Mitternacht aufbleiben. Wolf würde auf die Uhr schauen, und wenn der Sekundenzeiger auf den Zwölfer hüpfte, würde sie von ihm den ersten Kuss bekommen. Dann von der Mama, dann von Utan, dann von Orang. Hund und Poppele mussten geküsst werden, weil die nicht wussten, was Geburtstag ist, und auch nicht, wie die Uhr geht.

Orang hatte in seinem schwarzen Sack die Sachen zum Kochen mitgebracht. Gekocht wurde, was sich Samira gewünscht hatte, nämlich Steaks mit belgischen Pommes und Guacamole und eine Nachspeise, wie nur Orang eine machen konnte, eine Süßigkeit zwischen Praline und Torte, ein Geheimrezept, für das ihm schon einige Tausender geboten worden seien. Wolf hatte das erzählt. Orang hatte dazu nur den Kopf geschüttelt, aber nicht, um zu widersprechen, sondern weil es ihm peinlich war, gelobt zu werden. Nach Steaks war Samira in Wirklichkeit nicht so verrückt, die hatte sie sich gewünscht, weil sie wusste, dass Wolf verrückt danach war, und sie schaute ihm so gern zu, wenn er aß. Bei manchen

Bissen schloss er die Augen und knurrte, und wenn er hinuntergeschluckt hatte, öffnete er die Augen wieder, machte den Revolverzeigefinger und richtete ihn auf Orang, das war das größte Lob.

Samira liebte es, Orang beim Kochen zuzuschauen und ihm zu helfen, auch wenn sie wusste, dass sie keine Hilfe war und eigentlich nur im Weg stand.

Als erstes kamen die Steaks dran. Es waren die feinsten Rinderfilets, jedes fünf Zentimeter dick, mürb, abgehangen, man konnte drücken, da kam nicht ein Fädelchen Blut mehr heraus. Samira holte eine Schüssel aus dem Kasten, die war am Rand angeschlagen, aber alle Schüsseln waren am Rand angeschlagen. Wenn er endlich seine Idealküche habe, sagte Orang, und weil er es immer sagte, sagte er es langsam, sodass Samira einstimmen konnte, dann werde man dort nur Stahlgeschirr finden. Samira legte die Steaks in die Schüssel und goss von dem Olivenöl darüber, das Orang mitgebracht hatte, das beste eines toskanischen Bauern, den er einmal im Jahr besuchte und der ein Heiliger war. Samiras Aufgabe war es, die Steaks im Öl zu wenden und mit den Rippen einer Gabel zu massieren, dann eine Weile ruhen lassen, dann wieder von vorne, das Ganze vier Stunden.

Geburtstag war eindeutig von Weihnachten abgeschaut. Aufregung, Essen, Rauchen, Reden, Trinken, Lachen und zuletzt Bescherung. Wobei die Bescherung auf eine Sekunde nach Mitternacht angesetzt war. Um mit der Guacamole zu beginnen, war es noch viel zu früh, um die Kartoffeln für die belgischen Pommes zu schälen, war es ebenfalls zu früh. Orang war von Wolf und von Samiras Mutter beauftragt worden, das Geburtstagskind abzulenken, damit es nicht dauernd am Schlüsselloch hing. Er war traurig. Erstens, weil er zum Aufpassen abkommandiert worden war und nicht mithelfen durfte, das Zimmer zu schmücken. Zweitens, und deshalb war er viel trauriger, weil alles zusammen gar nichts Besonderes war, ein trauriges Getue um ein trauriges Nichts. Das fing beim Essen an. Er hätte gern etwas Kompliziertes gekocht, etwas Französisches, das viele Stunden Zeit benötigte. Er hätte gern seine Kunst gezeigt, hätte Samira gern seine Kunst zum Geburtstag geschenkt. Steaks mit Guacamole und belgischen Pommes, das war keine Kunst. Und der Aufwand in Samiras Zimmer, wofür? Für ein Paar gebrauchte Boxhandschuhe, eine Baseballkappe und die hirnlosen Kleinigkeiten von Samiras Mutter? Und das alles in diesem Dreck. Er war gestern schon gekommen und hatte die Küche geputzt. Jeder liebte hier jeden. Das war überhaupt das Traurigste.

Das war die Traurigkeit, die alles neutralisierte. Das war die Killertraurigkeit. Ein Teelöffel von dieser Traurigkeit in eine noch so kräftige Hühnerbrühe, und alles schmeckte wie Wasser. Und die Torte schmeckte wie Sägemehl. Und die Steaks wie Waschlappen.

Orang hatte seine eigenen Messer mitgebracht. Er wusste, dass Samira sich gern mit ihm über Messer unterhielt. Er hatte auch den Schleifstab mitgebracht.

»Wenn du Paprika schneidest«, sagte er, »teile sie zuerst in der Mitte von oben nach unten, und dann schneide durch die Innenhaut und nicht durch die Außenhaut. Das schärfste Messer wird sehr bald stumpf, wenn man damit durch die Außenhaut schneidet.«

»Egal, was du schneidest«, sagte er, »die Finger der Hand, die den Schnittlauch hält oder die Zwiebeln oder die Karotten, müssen immer gekrümmt sein wie Klauen. Sonst wirst du dich irgendwann schneiden, das ist hundertprozentig.«

»Verwende nie Zucker ohne Salz«, sagte er, »und nie Salz ohne Zucker. Einmal ist Salz die Lokomotive und der Zucker der kleine Waggon, bei Süßspeisen ist es umgekehrt.«

Orang hätte gern gerettet. Er hätte gern Samira gerettet, und jeden anderen in dieser Wohnung hätte er auch gern gerettet. Sogar Hund. Utan glaubte fest, dass jeder Mensch, jedes Tier, jedes Ding eine naturgegebene Heimat hat, die muss gefunden werden. Utan hätte Hund in der Wildnis ausgesetzt. Orang hätte Samira zu dem toskanischen

Bauern gebracht, wo eine Ordnung war. Utan hätte er in die nobelste Suchtklinik gebracht, Samiras Mutter gleich dazu, Poppele auch. Und Wolf? Den hätte er gelassen, der war in seiner naturgegebenen Heimat.

Samira half Orang, das Gemüse auf dem Tisch zu ordnen, die Kartoffeln in Reih und Glied, daneben die Karotten, die Frühlingszwiebeln, den Schnittlauch, die langen schmalen roten Paprika. Die Tomaten schichteten sie zu einer Pyramide, die Avocados, die Limetten kreisten sie ein, damit sie nicht vom Tisch rollten. Sie legten das Schneidbrett auf, ordneten die Messer, taten Pfeffer, Salz, Zucker und Chilisauce an ihren Platz. Und Samira wendete die Steaks und drückte mit der Gabel Rillen ins Fleisch.

Poppele schrie und schrie. Orang schälte eine Karotte, legte die Fingerchen darum herum. Gleich war die Karotte im Mündchen. Aber die Falte auf Poppeles Stirn verschwand nicht.

Hund und Poppele

Es war einmal diese ganz bestimmte, unvergleichliche, an manchen Stellen von Hunderotz, an manchen Stellen von Babyrotz verfärbte und gestärkte und verstunkene himmelblaue Wolldecke. Einmal lag Poppele auf der Decke, dann lag Poppele unter der Decke, einmal lag Hund auf der Decke, einmal wickelte ihn Samira in die Decke, und irgendwann war die Decke kaum noch himmelblau.

Poppele lag auf dem Rücken, zuckte mit den Ärmchen und verzog sein Mündchen und kräuselte sein Kinn und weinte. Erst war es ein Wimmern, dann klang es wie eine kaputte Klingel. Hund, der Poppele bewachte und lieb hatte wie der Wächter seinen Herrn, der ihn lobte, legte eine Pfote auf Poppeles Bauch, erst die eine, und weil Poppele immer heftiger weinte, auch seine zweite. Das glatte weiße Fell war warm, wärmer als Poppeles glatte weiße Haut. Erst hatte es geheißen, der soll Poppele anziehen, dann der, dann der, dann der. Getan hat es keiner. Darum war es nackt und angeschissen. Hund knurrte zart und knuffte Poppele, bis es sich zur Seite drehte. Hund leckte Poppeles Hintern ab und weiter leckte er hinauf über den Rücken, hinunter über die steinchenweißen Schenkelchen. Da wurde Poppele ruhig. Es hob das Köpfchen und spielte mit dem

Zünglein, als wäre es der Bohrer, der das Mündchen gebohrt hat. Und machte nun auch den Mund breit, was aber noch nicht Lachen war, wie Wolf Samira und Utan erklärt hatte, sondern eine Vorstufe dazu, ein Ausprobieren, wie die Welt reagiert. »Angenommen«, hatte Wolf doziert, »die Welt reagiert mit Weinen, dann wird Poppele sein ganzes Leben lang meinen, Lachen sei Weinen. Und wenn niemand lacht, dann wird es sein Leben lang nicht lachen. Auch nicht, wenn es ihm zum Lachen zumute ist.« Poppele lachte. Es klang, als fahre ein Holzwägelchen über Kies. Dieses Beben und Zittern hörte lange nicht auf, da legte sich Hund ganz nahe an Poppele heran und knuffte es wieder, bis es zur Seite rollte und wieder auf dem Rücken lag, Kopf an Kopf mit Hund. Beruhigte sich dann, alles beruhigte sich. Hund und Poppele wie Brüder. Es war in diesem Moment auch still in Samiras Zimmer und still in der Küche, wo Avocados zerquetscht, Schnittlauch, Tomaten und Paprika geschnitten und Steaks in Öl eingelegt wurden. Nicht lange, und Poppele fing wieder an zu wimmern. Hund zupfte mit den Pfoten die Decke zurecht. Es gibt Geschichten von den bravsten Hunden, die eines Tages den Säugling der Familie totgebissen und zum Teil aufgefressen und hinterher seelenruhig ihr Wasser geschlappert hatten. So einer war Hund nicht. Er hatte sich schon manchmal überlegt, die Familie zu verlassen. Bevor

Poppele auf die Welt gekommen war, hatte er es sich überlegt. Er wollte eine eigene Familie gründen. Es hatte sich nichts ergeben bisher. Er würde Poppele mitnehmen und es gesund lecken, würde es wärmen in der Nacht und ihm zeigen, wie man gegen die Hitze hechelt. Er würde ihm beibringen zu drohen und zu kämpfen. Hund nahm Poppeles Füßchen in die Schnauze, zog Poppele von der Decke herunter und zog es durch das Zimmer. Er setzte ab, schleckte an den Füßchen, Poppele kreischte und lachte, was nur eine Vorstufe zum Lachen war, Hund nahm das andere Füßchen ins Maul, dann das eine wieder, schüttelte das eine, schüttelte das andere. Hinterher waren Poppeles Füße sauber, und sie glänzten von Hunds Geifer. Hund badete dann auch Poppeles Fäustchen im Maul, erst das eine, dann das andere. Poppele drehte die blauen Augen nach oben, als würde es sich selbst oben am Himmel suchen und würde seinen eigenen Blick erwidern und fragen, geht es dir gut oben, geht es dir gut unten. Seine Augen waren verklebt, und die Wimpern waren verklebt. Hund wälzte mit seiner Nase Poppele herum, sodass es auf dem Bauch zu liegen kam. Sanft griff er es mit den Zähnen am Nacken, hob es hoch und trug es zu der himmelblauen Decke zurück. Nun schleckte er mit seiner roten Hundezunge auch das Gesichtchen sauber. Unter Poppele breitete sich ein nasser Fleck aus, und Hund leckte ihn auf.

»Ich bin besoffen.«

Der Inspektor träumte, er sei ins tiefe Meer gefallen zu all den anderen, die dort lagen mit den kauenden Mäulern und offenen Augen, und als er näher heranschwamm, sah er, dass es ein Schlangenhaufen war, Schlangen im Winterschlaf. Er tauchte, ohne es zu wollen, und tauchte weg, und doch wollte er zu den Ertrunkenen zurück, aber jedes Mal, wenn er näher kam, waren es wieder die Schlangen, die im Schlaf verdauten.

In meiner Zeit als Inspektor sah ich viel Böses und Verdorbenes. Bin ich denn inzwischen tot? Es heißt, man merkt es eine Zeit lang nicht.

Johannes 10,10 – Der Dieb kommt nur, um zu stehlen, zu schlachten und zu vernichten; ich bin gekommen, damit sie das Leben haben und es in Fülle haben.

Ich sah einen Neunjährigen, der verführt worden war, bis er selbst glaubte, Lust daran zu haben. Er begann, seinen Verderber zu lieben, und er lief ihm nach und verlor den Kopf vor Eifersucht, weil der Verderber auch andere in sein Haus lockte. Der Neunjährige hätte doch nur eines gewollt: mit seinem Verderber allein sein und lieb sein. Das aber gewährte ihm der Verderber nicht, und so musste er sehen, wie er es mit den anderen trieb, die schrien. Auch der Neunjährige hätte gern geschrien, »nimm mich, nimm doch mich!«, hätte er gern geschrien. Er jammerte und bockte, da wurde es dem Verderber zu viel, und er tötete den Neunjährigen. Er hat ihn in einem Eisenbahnwaggon erschlagen. Hat ihn erschlagen mit einem rostigen Rohr, sodass er blutig dalag und sein Gesicht zerschlagen war.

Ich habe dem Kind heimlich eine Locke abgeschnitten, dann war ich wieder der Inspektor. Der Verderber zeigte den anderen, was er getan hatte, er hatte nämlich alles mit seinem Handy gefilmt – und sie rannten davon. Nur einer hat sich gemeldet. Die eigene Mutter erkannte ihren toten Buben nicht und stritt ab, dass er es sei.

Als Inspektor musste ich mir das anhören. Ich musste auch den Verderber angreifen. »Kommen Sie, setzen Sie sich. Hierhin bitte. Nein, hierhin. Wollen Sie etwas trinken?« Dass die Haare von so einem riechen können wie die Haare von einem anderen!

Der Inspektor wachte auf, griff sich einen Bibelvers. Gin am Morgen ist abzulehnen, einen zweiten und einen dritten und einen vierten, bis er in der Polizeistation anrief und sich krank meldete. »Ich bin besoffen, aber sag es den anderen nicht. Es hat keinen Sinn, wenn ich antanze.«

Der Bibelvers war falsch, verkehrt. Wer hat diesen Unsinn geschrieben? Ein Dieb dringt in ein Haus ein, um zu stehlen. Er will doch nicht schlachten. Er will nur haben. Und warum sollte er jemanden vernichten? Die Reihenfolge, es ist die Reihenfolge. Der Verderber schlachtet und vielleicht stiehlt er auch. So wäre es richtig.

Der Inspektor legte sich wieder in sein Federngebirge und schwitzte. Er hatte ein Leben in Fülle. So eines wollte er nicht haben. Wer ist gekommen, damit er ein Leben hat und es in Fülle hat?

Schlichtungsverfahren

In Swinis Wohnblock gab es Probleme. Der Dachboden war vor zehn Jahren ausgebaut worden. Und jetzt war das Dach kaputt. Und musste gerichtet werden. Und die Frage war: Wer bezahlt? Alle zusammen oder nur die oben, die im vornehmen Dachgeschoß. Die unten behaupteten, die oben hätten beim Dachausbau geschlampt. Sie weigerten sich mitzuzahlen. Die oben sagten, jedes Haus braucht ein Dach, also müssen alle zahlen, und geschlampt hat die Ausbaufirma, und die ist längst bankrott. Hausversammlungen fanden statt. Die unten nahmen sich einen Anwalt, da nahmen sich die oben auch einen. Swini gehörte zu denen unten.

Bei einer der Versammlungen, die inzwischen »Schlichtungsverfahren« genannt wurden, fiel ihm eine Frau auf, die er bisher noch nicht gesehen hatte, sie wohnte wohl erst seit kurzem hier. Er kannte sie, nur wusste er nicht, woher. Sie wohnte im Dachgeschoß. Sie meldete sich nicht zu Wort, nickte aber, wenn es gegen die unten ging, also auch gegen ihn. Er fixierte sie eine Weile, hoffte, sie schaute auch ihn an, und da fiel es ihm wieder ein: Sie war die Schwester des ertrunkenen Mädchens.

Vor fünfundvierzig Jahren hatte er Detektiv gespielt und herausgefunden, wer das Mädchen gewesen war. Er war um ihr Haus geschlichen. Er hatte gesehen, wie der Vater weinte. Er hatte gesehen, wie die Mutter weinte. Er hatte gehört, wie der Vater bei geschlossenem Fenster laut schrie. Er war auf die Beerdigung gegangen, hatte gesehen, wie die Mutter im Mittelgang der Kirche schreiend zusammengebrochen war. Er war auf dem Friedhof hinter einem Schneehaufen gestanden und hatte zugeschaut. Er hatte auch die Schwester des Mädchens gesehen, sie war jünger als er, sicher auch jünger als die Tote. Er war da gewesen, wie der Mörder im Film. Immer wieder war er mit dem Fahrrad an dem Haus vorbeigefahren. Es stand an der Straße, sah gewöhnlich aus mit der gestutzten Hecke, je nach Jahreszeit wuchsen Blumen in den akkuraten Beeten, Schneeglöckchen, Tulpen, Rosen. Einmal hatte er sogar mit der Schwester ein Gespräch geführt. Da war er schon zwanzig gewesen und sie vielleicht siebzehn, sie waren hintereinander an der Kinokasse gestanden. Sie sagte, sie schaue sich den Film schon zum dritten Mal an. Er sagte, er zum ersten Mal.

Und nach dieser langen Zeit erkannte er sie wieder. Sie war um die Taille breit geworden, hatte die Haare blond gesträhnt. Sie trug ein blaues Kleid, in der Mitte mit einem Gürtel zusammengehalten. Er stürzte hinaus aus dem Saal des Gasthauses, wo die Versammlung stattfand, gerade noch rechtzeitig, dass niemand sehen konnte, wie ihm die Tränen in die Augen schossen.

Als er zurückkam, meldete er sich zu Wort und sagte, er habe Verständnis für die Dachbewohner. Man müsse ihren Standpunkt verstehen, schließlich brauche jedes Haus ein gesundes Dach. In der Nacht weinte er wieder.

Die Erbsünde

Nach der Katastrophe werden Samira und ihre Mama in der Küche sitzen und Wein aus einem Glas trinken.

»Habt ihr«, wird die Mama fragen, »in der Schule schon von der Erbsünde geredet?«

»Das weiß ich nicht«, wird Samira antworten.

Die Mama wird die Augen hinter ihren Händen verbergen.

»Mama«, sagt Samira. »Mama«, sagt sie wieder und wieder. »Mama, wein nicht, bitte, wein nicht.«

»Aber du weißt schon, was die Erbsünde ist, oder?«, sagt die Mama. »Du musst doch etwas wissen. Ich hab dir gar nichts beigebracht. Es tut mir so leid, Samira, es tut mir so leid, alles tut mir so leid.«

»Mama«, sagt Samira, »wein nicht, bitte, Mama.«

»Und von der Erbsünde weißt du wirklich nichts, wirklich gar nichts?«

»Nein, eben nicht, Mama, ich weiß es nicht.«

»Warum nicht? Wir haben das noch gelernt in der Schule. Bist du in Religion abgemeldet?«

»Ja, bin ich.«

»Wann hast du dich abgemeldet, Samira?«

»Du hast mich abgemeldet, Mama. Kinder können sich selber nicht abmelden. Bei uns in der Klasse hat niemand eine Ahnung von der Erbsünde.«

»Ich muss selber nachdenken, was es bedeutet«, sagt die Mama. »Was es bedeutet, weiß ich schon, aber warum es so ist, weiß ich nicht genau. Wir kommen in die Hölle, wenn wir nicht getauft sind, das heißt es, glaub ich.«

»Bin ich getauft?«, fragt Samira.

»Nein. So ein Blödsinn!«, sagt die Mama.

»Die Astrid ist getauft, das weiß ich«, sagt Samira. »Und der Samy ist, glaub ich, auch getauft. Aber sonst kenn ich niemand. Die anderen sind nicht getauft, glaub ich.«

»Die anderen kommen in die Hölle«, sagt die Mama und kichert.

»Muss ich wissen, was die Hölle ist?«

»Es ist interessant. Wenn man es weiß, ist es interessant, glaub ich.«

»Wolf weiß, was die Hölle ist«, sagt Samira.

»Der weiß es sicher nicht, grad der nicht«, sagt die Mama.

»Und was ist jetzt die Erbsünde?«, fragt Samira. »Dann sag es halt du mir!«

»Das ist eine Krankheit«, sagt die Mama. »Wie wenn die Mama eine Krankheit hat, wenn das Baby noch in ihrem Bauch ist, dann kriegt das Baby dieselbe Krankheit, wenn es auf die Welt kommt. Das ist alles, glaub ich.«

»Das haben wir nie gelernt, das sicher nicht.«

»Aber es ist so«, sagt die Mama.

»Und was für eine Krankheit habe ich?«, fragt Samira.

»Lass mich in Frieden«, wird die Mama sagen und wieder die Augen mit den Händen zudecken. Das wird geschehen nach der Katastrophe.

Süßes

Am nächsten Nachmittag traf Swini die Frau vom Dachgeschoß im Lift, und sie lächelte ihn an. Er nickte und fand, dass sie gut aussah, besser, als er sich erinnerte, auch um die Hüften, fand er, war sie nicht so stark, wie es gestern ausgesehen hatte, es hatte nur an der Kleidung gelegen.

Sie sagte fröhlich: »Es freut uns, dass sie auf unserer Seite stehen.«

Er sagte: »Es gibt immer zwei Seiten.«

Sie trug eine Tortenschachtel. »Jetzt«, sagte sie, »müssen Sie aber ein Stück probieren, eine Marokkanertorte. Kennen Sie doch.«

»Ja, ja, kenn ich«, sagte er und fuhr mit ihr bis nach oben. Hell war es dort, er war noch nie im Dachgeschoß gewesen. Die haben es gut, dachte er. Aber leider ein kaputtes Dach. Der eine so, der andere so.

Weil er wenig Zeit hatte oder meinte, wenig Zeit zu haben, blieb er auf ihrem Fußabstreifer stehen und ließ sich ein Stück Torte auf einem Goldrandteller überreichen. Aus der Wohnung roch es angenehm, nach Kaffee und Seife.

»Den Teller können Sie irgendwann zurückbringen«, sagte sie. »Jetzt gibt es ja keinen Grund mehr, den Dachboden zu meiden.«

»Ja, ja«, sagte er, »keinen Grund mehr.«

Teller zurück und dann aus, befahl er sich. Er wollte auf keinen Fall eine Fortsetzung.

In der Fortsetzung saß er ihr gegenüber im *Café Mozart*, sie ein Punschtörtchen vor sich, er eines vor sich, und beide einen großen Braunen. Auch im *Café Mozart* war er noch nie gewesen. Sie redeten eine kleine Weile vom Leben im Allgemeinen, und dann erzählte sie von ihrer ertrunkenen Zwillingsschwester, ihre Augen wurden feucht, er könne sich vorstellen, wie das bei Zwillingen sei.

»Zwillinge waren Sie?«

»Warum nicht?«

»Ich dachte, Sie sind jünger. Verzeihen Sie, ich kannte Ihre Schwester ja nicht, und kenne Sie auch nicht.«

Vor dem Kaffeehaus, auf der anderen Straßenseite, ragten die weißen Marmorblöcke des Denkmals gegen den Krieg in den blauen Himmel. Ein Polizist denkt öfter ans Morden als jeder andere. Sogar ein Mörder denkt seltener ans Morden.

»Im Februar«, sagte sie, »im eiskalten See«, und sah tief in seine Augen, »ertrunken. Weit und breit kein Mensch, obwohl es Mittag war. Unser Vater ist daran gestorben, das weiß ich.«

»Ich bin Polizist«, sagte er.

»Ich hoffe, Sie sind von solchen Erfahrungen verschont geblieben«, sagte sie.

»Ja, ja«, sagte er, »ich bin verschont geblieben.«

Diese Frau kann mir helfen, dachte er. Diese Frau kann mir helfen, ich werde ihr alles erzählen. Er nahm sich vor, eine Liste aufzusetzen. Und wenn er dabei seine Hand auf ihren Bauch legen könnte, wenn sie es sich wünschte, dann sollte es so sein. Ausflüge ins Grüne wären denkbar. Bevor der Winter kam.

Haare waschen

Das Badezimmer war klein wie eine Waschmaschinenschachtel, die Wanne nur zum Sitzen, die Wände von wasserfestem Blau, genau wie der Boden. Mama sagte dazu: Urlaubsbucht. Es war eine Gewohnheit von Wolf, Samira die Haare zu waschen. Mama kümmerte sich nicht darum, ihr war die eigene Hygiene schon zuviel. Samiras Haare waren wie Drähte und mit einem Kamm nicht zu bändigen.

Wenn Wolf kam, wurde gebadet. Und so war das: Samira zog sich aus und setzte sich in die Wanne, Wolf zog sich ebenfalls aus, alles bis auf die Unterhose. Die blaue Madonna auf seinem Bauch bekam Falten, wenn er sich zu Samira niederbeugte. Er schäumte ihre Haare, spülte, schäumte wieder, spülte, massierte Gel ein und ließ es wirken. In der Zwischenzeit erzählte er ihr einen Witz oder sie ihm einen. Dann kämmte er ihr die Haare. Der Kamm glitt sanft hindurch, das Haar war wie schwarze Seide.

Dieses Mal ließ Samira ihre Unterhose an. Sie wollte nicht mehr nackt sein.

»Wieso denn das?«, fragte Wolf. Wieder dachte er, sie ist kräftig gebaut, sie wird eine Boxerin.

»Ich werde neun«, sagte sie. »Ich habe meinen neunten Geburtstag.«

»Du wirst neun«, sagte er, »das ist richtig, ja. Aber du hast deinen zehnten Geburtstag. Du hast neun Jahre gelebt, aber hast deinen zehnten Geburtstag. Bei deiner Geburt warst du nämlich null, und deine Geburt war dein erster Geburtstag. Kapierst du das?«

Wolf sah bei Samira Probleme, was die Logik betraf. Die musste er eliminieren. Sie sollte nicht begriffsstutzig werden wie ihre Mutter. Die, genau genommen, eindeutig blöd war. Samira sollte wissen, fällt in unserer Gegend eine reife Frucht vom Baum, dann beginnt der Herbst.

In Samiras Schamhaftigkeit sah Wolf ein Zeichen, dass seine Erziehung die richtige gewesen war. Samira reagierte wie ein normales Kind in diesem Alter. Sie würde im September die dritte Klasse besuchen. Er wollte sich kundig machen, was dann für sie das Beste wäre. Eine andere Schule zum Beispiel. Eine andere Stadt. Ein Internat. Er wollte über Samira wachen. Das war seine Sache. Seine Schwester war nicht zurechnungsfähig.

Um hier Klarheit zu schaffen, Herr Inspektor: Samiras Mutter, Wolfs Schwester, Mirjam hieß sie – ist es ungerecht, dass ihr Name erst jetzt genannt wird? – war heroinabhängig. Das Heroin hatte ihr zwar ihr Internist ausgeredet, dafür verschrieb er ihr Methadon, das sie regelmäßig in der Apotheke vor Zeugen trinken sollte. Nach besonders gelungener Zärtlichkeit verschaffte er ihr eine Sonderration, aber das alles zusammen war ihr zu wenig, und Utan half gelegentlich mit dem »guten alten Eitsch« nach.

Und gleich noch etwas: Eben dieser Internist, der so sehr der Zärtlichkeit bedurfte, war es, der Mirjam geschwängert hatte, der Dr. Jochum. Der Dr. Jochum war der Vater von Poppele.

Der Sündenbock

Es war einmal ein Mann, der hieß Jochum. Der war von Anbeginn kränklich und hielt nichts aus, allein vom Niesen fiel er um. Seine Mutter kräftigte ihn mit Hühnersuppe, und der Vater probierte es mit Sport, mit schnellem Gehen an der kalten Luft. Sein Bruder hielt ihm zum Abhärten die Hände in die Gefriertruhe. Seine Schwester klebte ihm die Augen zu.

Solche Anekdoten erzählte er seiner Geliebten.

Jesus Sirach 38,2 – Von Gott hat der Arzt die Weisheit, vom König empfängt er Geschenke.

Der Inspektor fragt: »Was braucht einer, um ein guter Sündenbock zu werden?« Der Inspektor gibt selbst die Antwort. »Er braucht ein schlechtes Gewissen.«

Wolf meint, dann eigne sich jeder, denn jeder habe ein schlechtes Gewissen.

Der Inspektor widerspricht. Es gibt Menschen, die haben nie ein schlechtes Gewissen, sagt er. Aber dann gibt es welche, die haben immer ein schlechtes Gewissen, die hatten immer eines und werden immer eines haben.

»Das sind die Sündenböcke«, sagt der Inspektor.

Jesaja 41,24 – Aber ihr seid ja nichts und könnt auch nichts. Wer euch liebt, ist mir verhasst.

Als Jochum älter wurde, begannen ihn kranke Menschen zu interessieren. Nichts interessierte ihn mehr.

»Ob das nicht auch krank ist?«, fragte die Geliebte.

»Nein«, sagte Jochum, »dann wäre ja jeder Arzt krank.«

Weil Jochum mehr von der Welt verstand als seine Mitschüler, dachte er sich, ich habe auch einiges mehr im Oberstübchen als alle zusammen, aber laut sagen muss ich es nicht. Oft besuchte er das Altersheim, wo seine Großmutter lag. Alle kannten ihn und liebten ihn dort. Nur seine Großmutter kannte ihn nicht mehr.

Johannes 11,9–10 – Hat der Tag nicht zwölf Stunden? Wenn jemand am Tag umhergeht, stößt er nicht an, weil er das Licht dieser Welt sieht; wenn aber jemand in der Nacht umhergeht, stößt er an, weil das Licht nicht in ihm ist.

»Ist Ihnen manchmal langweilig?«, fragt der Inspektor.

»Oft«, sagt Wolf.

»Mir auch«, sagt der Inspektor. »Woran kann das liegen? Woran kann das nur liegen? Ist Ihnen manchmal mitten am Tag langweilig, mitten unter den Leuten, wenn es niemandem langweilig ist?«

»Genau dann«, sagt Wolf.

»Woran kann das nur liegen?«, sagt der Inspektor wieder. »Und was tun Sie dagegen?«

»Es ist zum Verrücktwerden«, sagt Wolf. »Was tun Sie dagegen?«

»Ich lese in der Bibel«, sagt der Inspektor, »und denke darüber nach, was ich lese. Das hat mir eine Dame gezeigt. Sie hat mir einen Sack mit dreihundertfünfundsechzig kleinen Zetteln geschenkt, auf jedem steht eine Stelle, man kann dann in der Bibel die Stelle suchen und lesen und nachdenken. Und das ein Jahr lang. Das hat mir geholfen. Man kriegt solche Säcke zu kaufen.«

»Wo kriegt man solche Säcke zu kaufen?«, fragt Wolf.

»Im Netz.«

Deuteronomium 32, 37 – Und er wird sagen: Wo sind ihre Götter? Wo ist der Fels, bei dem sie Schutz suchten?

Einmal rieb Jochum die Warzen eines Freundes mit dem gelbscharfen Saft des Schöllkrauts ein. Die Warzen verschwanden von einem Tag auf den anderen. Er empfahl der Lehrerin, sie soll gegen Halsweh Spitzwegerich in eine Zuckerlösung legen. Es half.

Es half bei ihr und bei ihrem Mann und bei ihrem Kind. Sie wollte Jochum hundert Schilling geben. Das lehnte er ab.

»Das hast du mir schon dreimal erzählt«, sagte die Geliebte.

»Dann merk es dir endlich«, sagte Jochum.

Johannes 11, 11–13 – So sprach er. Dann sagte er zu ihnen: Lazarus, unser Freund, schläft; aber ich gehe hin, um ihn aufzuwecken. Da sagten die Jünger zu ihm: Herr, wenn er schläft, dann wird er gesund werden. Jesus hatte aber von seinem Tod gesprochen, während sie meinten, er spreche von dem gewöhnlichen Schlaf.

»Die Krankheit des Lazarus ist der Tod, nur in so einem Fall kann der Arzt nichts machen.« Mit solchen Sätzen fiel Jochum auf.

Er wuchs heran und war sanft zu Mensch und Vieh. Es kam vor, dass er in Ställe gerufen wurde, wo trächtige Kühe schrien. Er studierte Medizin, wurde Internist und heiratete die Frau, die er einst von einem Ausschlag an den Händen geheilt hatte. Sie war sehr reich. Jochum war nun Internist und Millionär. Seine Frau gebar ihm Zwillinge, zwei Mädchen, die aussahen wie eines. Dann lernte er Mirjam kennen, und sie wurde seine Geliebte.

Kohelet 9, 4–5 – Für jeden Lebenden gibt es noch Zuversicht. Denn: Ein lebender Hund ist besser als ein toter Löwe. Und: Die Lebenden erkennen, dass sie sterben werden; die Toten aber erkennen überhaupt nichts mehr. Sie erhalten auch keine Belohnung mehr, denn die Erinnerung an sie ist in Vergessenheit versunken.

Wenn ich ein Hund wäre

Ich belle nicht. Ich fletsche die Zähne. Mehr ist nicht nötig. Ich will niemanden verletzen. Aber es soll niemand denken, ich sei sein Freund. Ich habe keine Freunde. Ich habe Familie. Ich wirke immer schlecht gelaunt. Die Familie kennt mich. Die anderen kennen mich nicht. Ich brauche auch keine frische Luft. Draußen riecht alles anders. Das lenkt mich ab. Samira ist mir die Liebste von allen. Sie krault mich, und sie tritt mich. Sie weiß, dass ich das leiden kann. Das Treten kann ich sogar doppelt leiden. Einmal tut es meinen Muskeln gut, das spüre ich. Dann tut es mir gut, zu hören und zu sehen, wie Samira von ihrer Mutter geschimpft wird, weil sie mich tritt. Samira schaut mich an, und wir beide wissen, die Mama hat keine Ahnung. Rohes Fleisch ist mir der vortrefflichste Fraß. Aber ich sehe ein, dass man mit rohem Fleisch vorsichtig umgehen muss. Es führt zu Zorn. Ich fresse, wenn es sein muss, auch Käse. Und fresse gern Schokolade. Wolf warnt jeden vor mir. Er nimmt mich an die Leine, wenn er mit mir nach draußen geht. Wenn uns einer entgegenkommt, ruft er: »Halten Sie bitte Abstand!« Wolf weiß, das braucht er nicht zu rufen. Ich tu niemandem etwas. Angenommen, er würde mir eines Tages befehlen, dass ich zubeißen soll, so könnte ich ihm nicht versprechen, dass ich es mir nicht erst gründlich überlege und dann womöglich seinen Befehl missachte. Das weiß er. Darum lässt er es nicht darauf ankommen. So warnt er die anderen vor mir. Das hat dieselbe Wirkung, wie wenn ich schon jemanden gebissen hätte. Insofern bin ich eine Berühmtheit. Ich bin auch zufrieden, dass ich keinen Namen habe. Mein Name ist, was ich bin: Hund. Das habe ich Mirjam zu verdanken. Sie hat durchgesetzt, dass ich Hund heiße. Wolf hat mich Howlin' Wolf genannt. Mirjam hat gesagt, ich sehe nicht wie ein Wolf aus. Sie hat gesagt, ich sehe eher wie ein Schwein aus. Ich muss ihr recht geben. Und Wolf hat ihr auch recht gegeben. Ich habe noch niemanden gebissen, das möchte ich wiederholen. Wer weiß, ob ich sonst noch leben würde. Wahrscheinlich nicht. Man hätte mich eingeschläfert. Oder erschossen. Wolf steht im Ruf, mich zu beherrschen. Ich würde gern jemanden beißen. Das Problem ist das schlechte Gewissen. Hunde haben ein schlechtes Gewissen. Man müsste einen Grund haben, jemanden zu beißen. Davon träume ich. Ich träume, jemand will Poppele etwas tun. Dann hätte ich nicht nur das Recht, ihn zu beißen, dann hätte ich die Pflicht. Ich dürfte ihn sogar zu Tode beißen. Das würde jeder verstehen. Ich würde ihm zuerst an den Arm gehen. An den Unterarm. Ich habe so viel Kraft in meinem Kiefer, ich könnte einem Mann spielend leicht Elle und Speiche in einem durchbeißen. Dann würde er schreien. Ich würde sein Schreien als Wutausbruch auslegen dürfen. Ich würde denken, jetzt hat er noch Böseres im Sinn. Dann springe ich ihm an die Gurgel und gebe ihm den Rest. Sicher würde man mich als Held feiern. Die meiste Zeit bin ich zu Hause. Manchmal begleite ich Samira, wenn sie mit Poppele spazieren geht. Am liebsten geht sie zum Friedhof. Auf dem Friedhof sind Hunde verboten. Poppele weint immer. Das ist eine Plage. Poppele weint und schreit am Tag und in der Nacht. Ich habe mir schon überlegt, Poppele am Genick zu nehmen und zu schütteln. Ich kenne mich aus. Bei Babys ist es wie bei Hasen. Einmal kräftig schütteln genügt. Poppele wäre sofort tot. Man würde mich einschläfern. Aber alle wären mir dankbar. Das kommt natürlich nicht in Frage. Aber ich denke es. Lieber wäre mir natürlich ein Mann, der Poppele angreift. So ein Mann müsste sich wirklich vor mir fürchten. Sonst muss sich niemand vor mir fürchten.

Wolf

Nicht einmal beim Kämmen sah Wolf in den Spiegel. Stutzte er seinen Schnurrbart, kontrollierte er sein Spiegelbild, dann schon, dachte dabei aber an wichtige Dinge, etwa: wem er sein Vertrauen schenken könnte. Seine Geschäfte bauten auf Vertrauen auf. Er habe gelesen, die Finanzwirtschaft der ganzen Welt baue auf Vertrauen auf. Das konnte er bestätigen. Er wusste um seine Wirkung bei Frauen wie bei Männern. Objektiv betrachtet, war er ein schöner Mann. Sein Körper brauchte kein Training. Als er ein Kind gewesen war, hatte die Mutter gesagt, dass es ein Versehen der Natur sei, einen Bub so schön zu machen, das würde eigentlich der Schwester zustehen. Mirjam war attraktiv, aber nicht schön. Nie hatte sich Wolf von seinem Aussehen korrumpieren lassen. Das wäre naheliegend gewesen, das würde jeder sagen. Er war der Natur dankbar, aber er vertraute auf seinen Grips. Was er anzog, musste praktisch sein, deshalb bestand seine Garderobe hauptsächlich aus Leder. Aus weichem Leder. Wolf hatte es gern bequem. Aus schwarzen Sachen, weil man darauf nicht jeden Fleck gleich sehen konnte. Außerdem verschaffte Schwarz Respekt. Das war erwiesen.

Wolf war der »Padrone«. Er hatte sich überlegt, das Wort in der Familie einzuführen. Er kannte Familien, in denen dieses Wort seinen Platz hatte. Er sprach das Wort gern aus. Besonders gern mochte er, dass es beschützend und bedrohlich in einem klang. Wenn er das weiche d nur ein wenig härter aussprach, war es ein Ding, das ein Loch in den Kopf machen konnte. Das Wort »Familie« sprach er auch gern aus. Was er Familie nannte, bestand aus Mirjam und Samira und Poppele – und Samira zuliebe noch aus Hund. Einmal hatte einer zu ihm gesagt – wer das war, spielt keine Rolle, ein fetter, stinkender Klemmarsch –, er finde es affig, dass Wolf immer von seiner Familie spreche, wo es sich dabei doch nur um einen halben Menschen wie seine Schwester und zwei Kinder handle, er tue so, als ob sie die Corleones wären. Wolf hatte das eingesehen, aber es nicht zugegeben. Er hatte den Fetten verwarnt und nicht mehr so oft von Familie gesprochen.

Viel Kopfzerbrechen kostete Wolf die Fürsorge. Als Mirjam mit sechzehn zum ersten Mal schwanger wurde, stritt sie es erst ab und sagte, sie sei einfach nur aufgebläht, weil sie zur Zeit so gern Kohl fresse. »Erstens, sag nicht Fressen. Zweitens, lüg mich nicht an!« Das brachte Wolf zur Raserei, wollte ihn einer für blöd verkaufen. Er riet ihr zur Abtreibung, es war noch früh genug. Was sollte eine wie Mirjam, die mit sich selber nicht klar kam, die nachdenken musste, ob der Mond von selber leuchtet, die keinen Job hatte und sich nur ständig mit ihren Halbfreunden zukiffte, die schon beim kleinen Einmaleins Schwierigkeiten hatte, nicht weil sie blöd war – es sollte sich keiner trauen, seine Schwester blöd zu nennen –, sondern weil sie sich nicht konzentrieren konnte, auf nichts konnte sie sich konzentrieren, sie vergaß mittendrin, dass sie Kaffee aufgesetzt hatte –, eine Stunde später war die Kanne erst halb voll und kalt –, wie sollte so jemand mit einem Kind fertigwerden?

»Das bleibt dann an mir kleben!«, hatte er sie angeschrien.

Aber Mirjam wollte das Kind auf jeden Fall. Wer der Vater war, wusste sie nicht so genau, sie nahm an, der Araber, der ein Kellner war und von dem sie Marihuana aus seiner Zimmerplantage bekam. Bei Samiras Geburt bestätigte sich, dass sie Recht hatte. Samira war ein Araberkind. Jeder sah das auf den ersten Blick.

Wolf wollte Mirjam das Kiffen abgewöhnen. Er ging zum Araber und drohte ihm. Er warf den grünen Gebetsteppich aus dem Fenster, riss das Mohammedposter von der Wand, zerfetzte es in kleine Stücke und schluckte eine Handvoll hinunter und drückte den Mann an die Wand: »Wenn ich dich noch einmal bei Mirjam sehe, werde ich für deine Abschiebung sorgen, wenn ich mich einmal so ausdrücken darf.«

Der Araber tauchte nie mehr auf.

Wolf organisierte für Mirjam eine Wohnung. Sie sollte ihr eigenes Leben haben. Aber er wollte dieses Leben kontrollieren. Wenigstens einmal in der Woche besuchte er sie. Ein Regal in der Wohnung war seines. Dort lagen drei Reservehemden, drei T-Shirts, nur Schwarzes, Socken, ein zweiter Gürtel, Rasierzeug, *Fisherman's Friend*. Ohne ihn würde Mirjam verrecken. Wenn sie sich bemühte, würde sie es sogar trotz seiner Fürsorge schaffen zu verrecken.

Mirjam hatte keinen Abschluss, in nichts und gar nichts. Sie atmete ein und vergaß auszuatmen und atmete aus und vergaß einzuatmen. Am liebsten atmete sie Gift ein.

»Hör auf damit!«

»Wie?«, jammerte sie. »Wie?«

»Indem du aufhörst!«

Sie drehte sich einen Joint und tat so, als ob sie jemand dazu zwinge, und jammerte.

Das Jammern war's. »Warum kannst du nicht einmal sagen, die Post ist da, ohne zu jammern?«

»Dich stört alles an mir.«

»Auch diesen Satz kann man sagen, ohne zu jammern.«

»Stört dich alles an mir?«

»Nein.«

»Was stört dich nicht an mir?«

Es gab Dinge, die ihn an seiner Schwester nicht störten, aber es fiel ihm nichts ein. Im Moment jedenfalls nicht. Er hätte darüber nachdenken müssen.

»Weihnachten sage ich es dir.«

Wolf hatte auch keinen Abschluss. Aber das war bei ihm nicht nötig. Wolf versorgte eine Familie und beschaffte das Geld. Er war der Padrone.

»My shirt is wet. Please, Samira, honey, give me a fresh shirt!«

»I will do that.«

»And get me the aftershave. I rub your hair with it on, if you want.«

»I'll be glad to. Thank you.«

»You're welcome.«

Howlin' Wolf

Mit zwanzig hatte Wolf diesen Song von Muddy Waters gehört, immer wieder. Er hatte die CD von seiner damaligen Freundin geschenkt bekommen. Sie war fünfzehn Jahre älter als er und war Engländerin. Sie hatte ihm ihre Sprache beigebracht. Das war ein großes Kapital.

»Überall auf der Welt kann ich den Finger heben und reden«, predigte Wolf seiner Nichte Samira. »Wenn du nichts kannst und nichts bist, aber Englisch kannst, dann bist du etwas.«

Eine Zeit lang war es Mode zwischen ihnen, Englisch zu lernen.

»Es ist eine gute Sprache«, sagte Wolf. »Aber es ist auch eine traurige Sprache.«

Eines Tages war die Engländerin weg, ohne sich zu verabschieden, war sie weg, und sie hat sich nie wieder gemeldet. Das hat dem Wolf das Herz gebrochen. Ihre Sachen ließ sie zurück, die CDs, ein paar Bücher, eben auch die CD von Muddy Waters.

You know I'm a howlin' wolf

»Du weißt, ich bin ein heulender Wolf«, übersetzte Samira.

I've been howlin' all 'round your door

»Ich heule um deine Tür herum.« Samira wusste nicht, was das bedeuten sollte.

»Er jammert«, sagte Wolf.

»Warum jammert er?«

»Weil sie ihn nicht hineinlässt.«

»Und warum lässt sie ihn nicht hinein?«

»Sie spielt sich auf. Meint, sie sei etwas Besseres.«

»Ist sie aber nicht, oder?«

»Nein, ist sie nicht.«

»Ich mag sie nicht.«

»Sie kann lieb sein.«

»Glaub ich nicht.«

»Doch, kann sie.«

If you give me what I want, little girl,
And you won't hear me howl no more

Den Vers verstand Samira nicht. »Ist es ein kleines Mädchen, von dem er etwas will?«, fragte sie.

»Nein, nein«, sagte Wolf, »es ist eine Frau.«

»Warum sagt er dann zu ihr kleines Mädchen?«

»Das sagt man so. In England sagt man zu einer Frau kleines Mädchen, wenn man in sie verliebt ist. Oder Baby.«

»Baby?«

»Ja, so sind die Engländer.«

»Und wie geht es weiter?«

»Er sagt: ‚Wenn du mir gibst, was ich will, wirst du mich auch nicht mehr heulen hören.' Das sagt er.«

»Und was will er?«

»Keine Ahnung. Das geht dich nichts an. Das sagt er nicht. Muddy Waters lebt nicht mehr. Er ist tot. Ich kann ihn nicht fragen.«

»Und wenn sie ihm nicht gibt, was er will, was ist dann?«

»Dann gräbt er ein Loch in den Boden.«

»Das verstehe ich nicht.«

»Er gräbt sich sein Grab.«

»Das verstehe ich auch nicht.«

»Dann will er nicht mehr leben. So sehr liebt er sie.«

Da hat Samira gesehen, wie eine Träne aus Wolfs linkem Auge gekippt ist. Sie war damals ja noch klein gewesen. Sechs Jahre alt. Ein bisschen mehr vielleicht. Gerade in die Schule war sie gekommen, und auf einmal war ihr alles, alles, was es gibt, unheimlich geworden.

Kalbsleber

Der Inspektor liebte Kalbsleber, mit feinen Zwiebelringen angebraten. Kalbsleber schmeckte ihm selten in Wirtshäusern. Manchmal aß er sie bei seiner Mutter, weil sie ihm aber das Essen mit ihren neugierigen Fragen verleidete, besuchte er sie gerade alle heiligen Zeiten. Er hätte sich die Kalbsleber leicht allein zubereiten können, er wusste, wie es ging, nur hielt er den Geruch in seiner Wohnung nicht aus.

Inzwischen duzte er die Frau vom Dachboden. Sie hieß Elvira. Sie hatten sich ein paarmal getroffen und festgestellt, dass sie nur Freunde sein wollten, dass sie sonst nichts voneinander erwarteten. Er war gern in ihrem hellen Wohnzimmer und hörte ihr zu. Ihre Stimme löste bei ihm Zärtlichkeit aus. Und beruhigte sein schlechtes Gewissen. In letzter Zeit hatte er oft an das Mädchen denken müssen, das im See ertrunken war. Der Gedanke, dass dieses Mädchen Elviras Schwester gewesen war, entsetzte ihn, und ein bisschen erregte es ihn auch. Sie redeten Belangloses. Einmal sagte sie, das Problem des Lebens bestehe allein darin, den angebrochenen Tag hinter sich zu bringen. Manchmal gehe es wie von selbst, ein anderes Mal sei es eine Qual.

»Warum eine Qual?«

Sie konnte es nicht benennen.

Es war einfach zu viel.

Sie war verheiratet gewesen, ihr Sohn lebte in der Nähe von Paris, Enkelkinder gab es keine. »Wenn es wieder einmal schwer ist«, sagte sie, »tauche ich meine Hand in ein Säckchen und nehme einen Bibelvers heraus.«

Sie rutschte in ihren Patschen ins Schlafzimmer, kam zurück mit einem Leinensäckchen, das mit einer Kordel zugeschnürt war. In der anderen Hand hielt sie die Bibel. Sie fischte einen Zettel heraus und suchte in der Bibel die Stelle, die darauf angegeben war. Dann las sie vor. So mache sie es jeden Morgen. Und über den Tag, wenn sie es nicht vergesse, denke sie darüber nach. So im Hinterkopf. Wenn sie die Stelle nicht gleich verstehe, lese sie nicht die Sätze vor und die Sätze nach der Stelle.

»Das gilt nicht. Nur der eine Satz gilt.«

»Und warum tust du das?«, fragte er.

»Es beruhigt mich«, sagte sie. »Mit Religion hat es nichts zu tun. Nur mit Denken. Es lenkt mich ab. Ich denke über den Satz nach. Das kann nicht schaden. Einen Tag denke ich über den Satz nach. Mehr kann man nicht verlangen.«

»Nein, mehr kann man nicht verlangen«, sagte er.

»Ein Bibelvers, ein Tag.«

»Das ist fair«, sagte er. »So kann man Religion aushalten.«

»Findest du auch, oder?«

»Finde ich auch«, sagte Swini.

»So bringt man den Tag hinter sich«, sagte Elvira. »Magst du einmal probieren? Zieh einen Zettel heraus!«

»Jetzt?«

»Zieh einfach!«

Er zog.

Johannes 10, 10

Sie wollte in der Bibel nachschlagen, aber er sagte: »Tu's später!«

An dem Tag, an dem er die frische Kalbsleber und die Zwiebeln mitbrachte, weil er, wie er ihr gestand, es nicht gern habe, wenn seine Wohnung nach Angebratenem rieche, schenkte sie ihm ihr Bibelsäckchen.

»Ich habe schon alle durch«, sagte sie. »Jetzt bist du dran. Hast du eine Bibel?«

»Ja, klar«, sagte er.

Ob sie überhaupt Leber liebe, fragte er.

»Sehr«, sagte sie.

Ihr Reis war in Ordnung.

»Du behauptest zwar, verschont von Schicksalsschlägen zu sein«, sagte sie, »aber ich weiß, in dir steckt ein Klumpen von Traurigkeit.«

»Da kannst du recht haben«, sagte er.

Er fühlte sich so wohl bei ihr. Am Nachmittag besorgte er sich eine Bibel.

Gift im Blut

Jeremia 4, 23–25 – Ich schaute die Erde an: Sie war wüst und wirr. Ich schaute zum Himmel: Er war ohne sein Licht. Ich schaute die Berge an: Sie wankten und alle Hügel bebten. Ich schaute hin: Kein Mensch war da, auch alle Vögel des Himmels waren verschwunden.

Samira hat alles mitgekriegt. Sie hat immer alles mitgekriegt, Herr Inspektor. Als Poppele noch im Bauch war, hat sie mitgekriegt, wie Mirjam geweint und gewimmert hat, nicht einmal mehr geschrien, nur noch geweint und gewimmert. Weil ihr Wolf das Gift und das Besteck weggenommen hat.

»Ich habe Schmerzen!«, hat sie gewimmert. »Es tut nicht einfach nur weh, hörst du, du Arschloch, ich habe saumäßige Schmerzen!«

Aber Wolf ist hart geblieben und hat sein Gewissen gehütet, denn er war Bruder, Vater, Onkel, Lehrer, Sozialarbeiter und Herr Jesus in einem. »Du kennst ja das Wort gar nicht«, fuhr er sie an. »Noch nie im Leben habe ich gehört, dass du dieses Wort gesagt hast. Wann hast du je Schmerzen gehabt? Wo hast du das Wort gelesen? Wo hast du es gehört? Wer redet dir so einen Scheiß ein? Dein Herr Doktor? Soll ich ihm zeigen, was Schmerzen sind?«

Und sie hat gesagt und gewimmert: »Warum darf ich das Wort nicht kennen? Das kennt doch jeder.

Aber ich habe es. Ich habe das Wort, verstehst du? Das verstehst du nicht. Es ist nicht gut für das Poppele im Bauch, wenn seine Mama Schmerzen hat, das kann dir jeder Arzt sagen. Dann muss es ja denken, Schmerzen sind normal, dann wird es doch ein unglücklicher Mensch!«

»Weißt du denn nicht«, hat Wolf zurückgeschrien, »dass Embryonen nicht denken können? Weißt du denn nicht einmal das? Sie spielt mit Chemie herum und weiß nicht einmal, dass der Mensch im Bauch seiner Mutter nichts denkt.«

Und so ging es hin und her. Sie hat die Fäuste gegen ihn geballt, er hat sie geboxt und gestreichelt. Wolf ist nicht hart geblieben, er hat nachgegeben. Nein, Herr Inspektor, Wolf war nicht hart genug. Aber er hat darauf bestanden, dass er sie spritzt.

»Du kannst in einem Schuss nicht so viel wie sonst«, hat Wolf ihr erklärt, »das haut das Kleine um!«

Sie haben sich geeinigt, pro Schuss nur ein Viertel, dafür aber öfter.

Das alles hat Samira mitgekriegt.

Und hat auch mitgekriegt, dass ein heroinsüchtiges Poppele auf die Welt gekommen ist. Das immer geschrien hat. Weil es Schmerzen hatte. Es konnte kein einziges Wort noch, aber es hatte Schmerzen. Wenn es etwas denken konnte, dann, dass Schmerzen auf der Welt normal sind.

Samira wusste viel, was andere Kinder nicht wissen. Sie wusste, was Heroin ist, was Methadon ist, was Kokain ist und Psilocybin und Speed und was ein Speedball ist und was Schnee bedeutet. Sie kannte den Unterschied zwischen Marihuana und Shit, sie wusste, was Valium ist und was Xanor, und sie wusste, dass ihre Mama Methadon in der Apotheke in einem Plastikbecher zu trinken bekam. Samira wusste, was ein Turkey ist, und auch, was eine Überdosis ist. Sie hatte zugesehen, wie sich Utan spritzte, wie sich die Mama spritzte und wie Wolf einen Joint baute. Und sie hatte zugesehen, wie Utan seinen kleinen Finger mit dem Methadonsaft befeuchtete und ihn Poppele in den Mund steckte. Dann war Poppele ruhig geworden, als wäre es glücklich. Sein Herzchen schlug ruhig, aus dem Mündchen kam in regelmäßigen Abständen ein wenig warme Luft. Die Ärmchen waren nicht verkrampft. Wenn man sie lupfte und losließ, fielen sie sanft auf das Kissen nieder. Nichts an Poppele zuckte.

»Schau doch«, sagte Utan. »Magst du ihn halten?«

Samira nahm ihr Brüderchen in die Arme. Es hatte die Augen geöffnet. Die Augen waren blau. Sie waren rein. Sie schauten, als wäre doch nicht alles Schmerz in der Welt.

»Den Schorf kriegen wir auch noch hin«, sagte Utan. »Nur Geduld müssen wir haben.«

Er hatte Kamillentee gekocht. Von seiner Mutter hatte er ein altes Taschentuch aus Stoff bekommen, das tauchte er in den Kamillentee, dann strich er damit sanft über Poppeles Köpfchen und kämmte mit der Zahnbürste nach.

»Nur Geduld müssen wir haben«, sagte er.

Mirjam fragte, ob irgendwo noch ein Joint herumliege, sie habe extra einen aufgehoben, damit sie gut scheißen könne. Wer, verdammt, ihren Joint geklaut hat, und warum sich alle nur um das Kleine kümmern und keiner um sie, wo doch jeder weiß, dass ein Kind keine echten Probleme hat.

»Der kann nicht einmal denken! Lasst ihn doch in Ruhe, wo er einmal nicht brüllt!«

Familie

Familie ist nämlich ein relativer Begriff, Herr Inspektor. Man muss sich bei der Natur bedanken, aber bauen kann ein Mann nur auf seinen eigenen Grips. Die Natur sagt: Familie ist, wo das gleiche Blut fließt. Gut. Keine Frage. Der Grips sagt: Familie könnte auch dort sein, wo Vertrauen ist. Ist Vertrauen weniger als Blut? Das eben ist relativ.

Wolf hatte zwei Freunde, die waren ihm ergeben, die gehörten auch zur Familie. Orang und Utan. Zwillinge. Die beiden hatten einen Eid geschworen. Damals, als Wolf ihr Leben gerettet hatte. Davon später mehr. Wolf redete nicht gern darüber. Seine Meinung war: Wenn man über eine Sache zu viel redet, nützt sie sich ab, auch wenn es eine große Sache ist. Auf einmal bedeutet eine Lebensrettung nicht mehr, als wenn einer einem die Waschmaschine repariert.

»Wir sind und werden immer sein deine besten Freunde« – so war der Wortlaut ihres Eides. Hatten sie sich selbst ausgedacht, die beiden.

»Beste Freunde«, hatte Wolf geantwortet, »braucht ein Mann nicht mehr als zwei, alles darüber hinaus ist ein Unsicherheitsfaktor.«

Da waren sie irritiert, wussten nicht so genau, ob das ein Kompliment war oder eine Art Kritik. Trauten sich aber nicht zu fragen.

Zum Beispiel während seiner Zeit in Amsterdam – da war Samira gerade drei Jahre alt gewesen –, da passten Orang und Utan auf die Familie auf, auf Mirjam und Samira. Was Wolf damals nicht wusste: Utan war heroinsüchtig. Sein Bruder, der Konditor, versuchte, es geheim zu halten. Er verzweifelte daran. Utan war es dann auch gewesen, der Mirjam an das Heroin brachte, und als Wolf von seinen Geschäften zurückgekehrt war, fand er sie auf dem Sofa, ihren Kopf in den Kissen vergraben. Samira lag mit Hund im Bett.

Da rastete Wolf aus. Er sah die Einstiche in Mirjams Armen und brüllte: »Wer?«

»Utan«, sagte sie, ohne zu zögern.

Wolf musste sich setzen. »Utan, der Plemplem?«

Was darauf folgte, möchte ich jetzt nicht beschreiben, wenn Sie erlauben, Herr Inspektor, im Moment halte ich das nicht aus.

Wolf, der ja nichts anderes als ein Peacemaker sein wollte, musste wieder bei der Schöpfungsgeschichte beginnen. Mirjam kam nach *Maria Ebene* auf den Entzug. *Maria Ebene* war eine Entwöhnungsanstalt mit Tieren, weil Tiere zu streicheln für Fixer und so weiter. Wolf zog in Mirjams Wohnung und kümmerte sich um Samira. Orang, der Konditor, clean bis ins blanke Herz hinein, stand ihm bei. Er tat es wegen des Eides und für seinen Bruder. Er arbeitete das Schlechte seines Bruders ab. Damit ihm Wolf nicht das Gesicht auf den Rücken drehte. Sie renovierten die Wohnung, und beim Einweihungsfest staunten die Nachbarn. Hier sah es aus wie bei Millionärs. Da waren Sachen in der Wohnung, die waren vorher nicht da gewesen.

Nach einem Jahr kam Mirjam zurück, sie war fett geworden. Aber sauber. Aber fett.

»Hört das denn nie auf«, stöhnte Orang, und Wolf sagte: »Sucht ist Sucht.«

Wolf erkundigte sich, wer der beste Gesangslehrer sei, und so wurde Mirjam entweder von Orang oder Wolf zu Mr. Preston kutschiert. In Wolfs Mercedes. Der Lehrer war begeistert von Mirjams Gesangsqualitäten. Sie übte brav, sang dauernd, auf dem Klo genauso wie auf dem Weg zum Supermarkt. Man liebte ihre Stimme. Wolf setzte sie auf Diät. Erst wenn sie wieder halbwegs aussehe, wolle er ausziehen. Er kontrollierte jede Semmel.

Jodeln war eine Spezialität von Mirjam. Eine Volksmusikgruppe engagierte sie, es gab Auftritte. Sie nahm zwei CDs auf. Sie verdiente ziemlich gut Geld und war berühmt. Mr. Preston gab seine Stunden auf, er fühlte sich für Volksmusik nicht zuständig, es sei ein Jammer, aus Mirjam hätte eine Operndiva werden können, Jodeln, sagte er, ruiniere die Stimme. Das Fernsehen hingegen kündigte seinen Besuch an, man wollte eine Homestory über Mirjam drehen, sie sollte ein Dirndl anziehen. Das fand sie einfach nur peinlich.

»Muss ich dich in das Dirndl hineinprügeln?«, schrie Wolf. »Das ist doch nur für das Geschäft!«

Fast möchte ich behaupten, das Dirndl war schuld, dass Mirjam wieder auf das Heroin kam und alles von vorne anfing.

Ausgeliehen

Frau Montebello rief an, ob sie Samira ausleihen dürfe. So drückte sie sich bestimmt nicht aus, Mirjam drückte sich so aus. Das war eine Eigenart von ihr, dass sie manchmal Tatsachen verdrehte. Samira sagte dazu lügen. Sie hatte schon mit Wolf darüber gesprochen, der hatte eine Erklärung für diese Eigenart. Es sei die Pflicht einer Mutter, ihrem Kind beizubringen, dass die Welt nicht nur so, sondern auch so sei, sagte er.

Herr und Frau Montebello waren liebe Leute, die gut rochen. Sie rochen wie die Geschichten, die sie erzählten, und in ihrer Wohnung roch es zudem nach Kaffee und Hefezopf. Herr und Frau Montebello waren ein altes Ehepaar im Zweierblock, dritter Stock, verglaster Balkon. Es hieß, sie seien ziemlich gestopft, nämlich, weil sie nie groß Geld ausgegeben, alles immer nur gespart haben. Das Wort »gestopft« mochte Samira nicht. Es bedeutete reich und zugleich geizig und von oben herab. Samira kaufte manchmal für die beiden ein und bekam ordentlich Trinkgeld. Die Montebellos waren anderen gegenüber nicht geizig, nur sich selbst gegenüber, und eigentlich auch das nicht, sie hatten sich irgendwann vorgenommen, auf einer Kreuzfahrt durch die Karibik zum Beispiel, alles Geld zu verprassen und dann gemeinsam zu sterben. Aber weil sie ja nicht wissen konnten, wann es so weit sein würde, haben sie es immer wieder hinausgeschoben, und jetzt waren sie schon fast zu alt dafür. Samira hatte einmal ein paar Typen im Hof zugehört, die in normaler Lautstärke sich über die Montebellos unterhielten und einen Einbruch in deren Wohnung planten, abseilen vom Balkon darüber, Fenster einschlagen und so weiter, als wäre nicht das Geringste dabei. Samira hatte sich dazugestellt und war nicht weggeschickt worden, aber sie hatte sich nicht getraut, etwas zu sagen, dass sie es für keine gute Idee halte, bei den beiden einzubrechen, und dass die Montebellos vielleicht reich, aber nicht gestopft seien. Die Typen hatten ihr gefallen, sie wusste, ihr Vorbild war Onkel Wolf, und das war auch der Grund, warum man sie nicht fortgeschickt hatte.

»Die Montebellos wollen dich für eine Stunde ausleihen«, rief die Mama, den Telefonhörer noch in der Hand, sodass es auch Frau Montebello am anderen Ende der Leitung hören konnte, obwohl die Mama doch sicher nicht die Pflicht hatte, auch den Montebellos beizubringen, dass die Welt nicht nur so, sondern auch so ist. »Geh schnell!« Und als sie den Hörer aufgelegt hatte: »Sag ihnen, dass du heute Geburtstag hast, dann legen sie garantiert noch etwas drauf.«

»Ich hab aber erst morgen Geburtstag.«

»Sag besser heute.«

»Warum soll ich sagen, ich habe heute Geburtstag, wenn ich erst morgen Geburtstag habe?«

»Wenn du sagst, du hast morgen Geburtstag, dann sagen sie hundertprozentig: Aber das wissen wir doch, Samiraschatz. Obwohl sie es nicht wissen. Wenn du sagst, du hast heute, dann haben sie ein schlechtes Gewissen, weil sie es vergessen haben, und dann kriegst du mehr.«

»Und wenn sie es nicht vergessen haben? Vielleicht haben sie es ja gar nicht vergessen.«

»Sie haben es vergessen. Also geh schon!«

»Muss ich?«, fragte Samira und sah dabei Wolf an.

Wolf formte seine Hand zu einer Pistole, verzog den Mund wie ein Killer, schloss die Augen, nickte schwer und drückte ab. Das mochte Samira gern. Wolf wäre ein toller Schauspieler geworden. Er wäre es längst schon geworden, wenn er Interesse daran gehabt hätte. Hatte er aber leider nicht.

Im Lift machte Samira ihr Kunststück: Brücke über den Fluss. Füße an die Wand, Arme über den Kopf nach hinten, die Finger klemmte sie in der Fuge ein, wo die Bleche der Liftwand zusammenstießen. Einen Augenblick lang konnte sie die Figur halten, jeden Tag eine halbe Sekunde länger, dann rutschten die Finger ab. Es könnte ein Training für eine zukünftige Karriere sein.

Thriller

Matthäus 11, 29–30 – Nehmt mein Joch auf euch und lernt von mir; denn ich bin gütig und von Herzen demütig; so werdet ihr Ruhe finden für eure Seele. Denn mein Joch drückt nicht und meine Last ist leicht.

Es war einmal ein großes Ereignis, das größte in seiner Laufbahn. – Der Inspektor hatte einen Schuss gehört, und der kam nicht von weit her. Er war außer Dienst, wollte Wurst einkaufen. Er griff sich das erstbeste Fahrrad und fuhr zur Fabrik. Eine Frau klammerte sich an die Absperrung, Blut rann ihr über das Gesicht und über die Schulter. Vor ihr stand ein Mann mit einer Waffe in der Hand. Der Mann schrie: »Für ein Ave Maria hast du noch Zeit!« Der Inspektor riss die verletzte Frau an sich und schleppte sie hinter einen Container. Der Mann schoss ein zweites Mal, diesmal in den eigenen Mund hinein.

»Sie haben mir das Leben gerettet«, sagte die Frau.

Der Inspektor sagte: »Habe ich doch glatt ein Leben gerettet, ja«, und drückte ihren Arm unter dem blutdurchtränkten Ärmel. Er war zufrieden, und sie fanden Ruhe, er und die Frau, sie lag auf dem Notbett im Rettungsauto, er saß bei ihr, als wäre er ein Angehöriger. Saß neben Notarzt und Sanitäter.

Ein halbes Jahr später war die Frau zu ihm aufs Revier gekommen. An ihrer Hand hatte sie ein Mädchen, das war vielleicht fünf, hatte dünnes blondes Haar und ein schmales Gesicht, ein Gesichtchen, eingeklemmt zwischen der Welt der Unordnung rechts und links. Die Frau hatte ein Paket mitgebracht. Sie drückte es dem Mädchen in die Arme und nickte auffordernd. Swini lächelte und versuchte, nicht ratlos auszusehen. Das Mädchen überreichte es ihm wortlos.

»Hab ich gemacht für Sie«, sagte die Frau. »Sie dürfen es ruhig öffnen. Bitte, öffnen Sie es.«

Es war ein Schal aus Angora. Günstig, der Winter fing gerade an.

»Sie haben einem Kind die Mutter gerettet«, sagte sie.

»Habe ich doch glatt einem Kind die Mutter gerettet«, murmelte er. Immerhin, dachte er. Das ist ein Schritt in die richtige Richtung.

Zwei Monate wickelte er den Schal jeden Tag um seinen Hals, dann ließ er ihn irgendwo liegen. Das bedauerte er sehr. Das war die Zeit seines heldenhaften Selbstmitleids. Mein Joch drückt, und meine Last ist nicht leicht. Ich kenne niemanden, der gütig ist, und nicht einen einzigen Demütigen kenne ich. Und ich kenne auch niemanden, von dem ich lernen könnte.

»Du bist ein Armer«, sagte Elvira, als er ihr die Geschichte erzählte, und sie erfand den Ausdruck »heldenhaftes Selbstmitleid«.

»Dass du das kannst«, sagte Swini.

»Dass ich was kann?«, fragte Elvira.

»Trost geben mit einem Hauptwort und einem Eigenschaftswort.«

Frau Montebello war zum Ausgehen bereit, Regenmantel, Regenhut, rote Lippen.

Sie sagte: »Guten Abend, Samira, schön, dein liebes Gesicht zu sehen. Ich muss in die Apotheke, mein Mann liegt im Wohnzimmer auf dem Sofa, das weißt du ja. Geh zu ihm und halte ihm die Hand, mehr musst du heute nicht tun, gekehrt ist.«

Herr Montebello war hinfällig. Er konnte weder gehen noch stehen. Im Glücksfall konnte er sich kurz aufsetzen. Dann ächzte die Luft aus ihm heraus.

»Bitte«, sagte Samira, »können wir es nicht umgekehrt machen, ich gehe in die Apotheke, und Sie halten Ihrem Mann die Hand. Ich bin schneller als Sie.«

»Das weiß ich, aber das geht nicht, das geht wirklich nicht, ich muss einmal wieder an die Luft. Deine Mutter hat gesagt, sie versteht das.«

»Ich habe heute Geburtstag«, sagte Samira.

»Dann bring ich dir etwas Schönes mit.«

»Bitte nicht, Frau Montebello«, rief Samira, »gehen Sie nicht noch in ein anderes Geschäft, das dauert dann ja noch länger. Muss ich ihm die Hand halten?«

Frau Montebello beeilte sich wegzukommen, sie schob Samira ins Zimmer und war selber gleich zur

Tür hinaus. Schon hörte Samira ihre Absätze draußen im Stiegenhaus.

Samira stellte sich vor das Sofa und begrüßte Herrn Montebello. Sein Gesicht war der hellste Fleck im Raum. Sie setzte sich mit halbem Hintern auf Höhe seiner Beine, weit weg von seiner Hand. Die Hand war fast genauso weiß wie das Gesicht. Es roch nach Sterben. Heute roch es nach Sterben. Nicht nach Kaffee, nicht nach Hefezopf. Eine Wolke um den Mann herum roch nach Sterben. Das war bisher nicht so gewesen.

»Ich habe heute Geburtstag«, sagte sie.

Herr Montebello setzte sich auf. Es war genauso, wie Samira befürchtet hatte.

Als er wieder Luft holen konnte, sagte er. »Öffne die oberste Schublade der Kommode. Da muss eine schwarze Geldbörse liegen. Wie alt bist du geworden?«

»Neun.«

Sprechen konnte Herr Montebello noch tadellos, nur sehr leise war er dabei. Mehr Luft als Ton war sein Sprechen, aber die Sätze waren in Ordnung.

»Nimm neun Zehner heraus. Für jedes Jahr einen Zehner. In einem Jahr, an deinem zehnten Geburtstag, bekommst du einen Hunderteuroschein von mir.«

Samira zählte die Banknoten. Da waren etliche Hunderter, ein Fünfziger und nur ein Zehner.

»Ich bekomme keine neun Zehner zusammen«, sagte sie. »Und herausgeben kann ich nicht.«

»Dann nimm einen Hunderter. Tun wir so, als wärst du schon zehn. Das ist kein Verbrechen. Möchtest du schon zehn Jahre alt sein?«

»Ich möchte vierzehn sein«, sagte Samira.

Sie starrte auf die Wanduhr, siebzig Minuten waren bereits vergangen, und Frau Montebello war immer noch nicht da. Mama hatte gesagt, es würde höchstens eine Stunde dauern.

Endlich hörte sie den Schlüssel in der Tür. Sie hatte gar nicht bemerkt, dass sie eingesperrt worden waren.

»Hallo, ihr Lieben!«, rief Frau Montebello gut gelaunt. »Ich muss euch etwas zeigen!« Frau Montebello zog eine rosa Bluse mit Schleife aus einem Seidenpapier und hielt sie sich vor den Regenmantel: »Und? Sagt etwas!«

»Führ sie uns vor«, sagte Herr Montebello. »Anziehen, nicht hinhalten!«

»Ich werde dringend zu Hause erwartet«, sagte Samira.

Frau Montebello gab ihr einen Zehner. »Ich, als ich ein Kind war«, sagte sie, »hab mir nur Geld gewünscht, nur Geld, alles andere ist doch, wenn man ehrlich ist, Quatsch.«

Samira bedankte sich und legte den Zehner auf die braune Wolldecke, nahe zur Hand des alten

Mannes, lief nach Hause, aß und bettete sich in der Küche auf die Matratze und schlief ein. Ihr Zimmer durfte sie nicht betreten, dort wurde gezaubert für den kommenden Tag, an dem ihr Leben gefeiert werden sollte.

Das Liebespaar

Vierhundert Euro für eine Nacht fand Jochum zu teuer. Noch dazu, wo sie ja nie über Nacht blieben. Jedenfalls er nicht. Mirjam schon. Sie fraß sich am nächsten Morgen diagonal durch das Frühstücksbuffet. So drückte sie sich aus. Billigere Hotels kamen aber dann doch nicht in Frage. Unter die vier Sterne wollte er nicht gehen. Aus Sorge, Mirjam könnte ihn geizig finden. Sie war geizig. Vieles, was sie selbst war oder tat, konnte sie bei anderen nicht leiden. Sie schnarchte, er durfte nicht. Sie liebte Luxus und war selber alles andere. Und hatte genau genommen keine Ahnung, was Luxus ist. Wenn etwas glänzte. Und roch, wie sie es nicht kannte. Und leise war. Sie ließ sich als erstes in die Badewanne fallen und von Jochum einseifen. »Ich weiß, in der Arschfalte hast du es am liebsten«, sagte sie. Er sagte: »Das stimmt.« Sie wäre nie auf die Idee gekommen, ihn einzuseifen. Das blieb einer seiner Wunschträume. An ihre Haare durfte er nicht. Das fand sie »unerträglich«. Wasser auf dem Kopf fand sie »unerträglich«. Wenn sie einmal ein Wort gefunden hatte, blieb sie daran kleben. Dann war ihr schleierhaft, was sie bisher alles nicht »unerträglich« gefunden hatte. Oder »pervers« oder »genial« oder »hundertpro«. Ihre Haare waren verfilzt wie ein Stück Teppich, und nichts wäre Jochum lieber gewesen, als diesen Schopf einmal »nach allen Regeln der Kunst« zu waschen – auch so ein Begriff, an dem sie kleben geblieben war. Er träumte sogar vom Haarewaschen, sah im Traum die Schmutzränder in der Badewanne des Hotels, nur mit heftigem Reiben und starken Mitteln wären die wegzukriegen. Was für eine elende Kreatur war er in diesem Traum! Und dennoch glücklich, weil er seinen Liebling einmal ganz sauber haben durfte.

Mirjam kehrte ihm gleich den Rücken zu. Er hob kurz die Decke, um einen Blick auf ihren Hintern zu werfen. Das rührte und erregte ihn gleichermaßen.

»Kaum sind wir fertig, drehst du dich weg«, beschwerte er sich. Sie bewegte sich beim Sex nicht. Zum Inspektor wird Jochum sagen: Nur diese Frau habe es verstanden, nur diese. Was er damit meine, wird der Inspektor fragen, aber keine Antwort erhalten.

»Was noch?«, fragte Mirjam.

Jochum rutschte in ihre Hälfte hinüber und unter ihre Decke und an ihren Rücken heran, griff nach ihrem schweren Leib, sah auf die weiße Haut ihrer Schulter, beugte sich über sie, sah die dichten Wimpern und die feinen Augenlider. Er roch die schlecht gefärbten schwarzen Haare, sie rochen nach nassem Hund. Er beugte sich weiter über sie, um ihre Brüste zu sehen. Seine Frau daheim war mager, und darauf hatte er bei Gott keine Lust mehr.

Ob ihm auch an der Seele etwas gelegen sei, wird der Inspektor fragen.

Wessen Seele, wird Jochum zurückfragen, an Mirjams Seele oder an der Seele seiner Frau?

Mehrmals hatte er versucht, mit Mirjam über seine Frau zu sprechen. Er konnte sich nicht vorstellen, seine Frau zu verlassen. Das hatte Mirjam auch nie von ihm verlangt. Er war froh, dass sie es nicht verlangt hatte, und war zugleich gekränkt, weil sie es nicht hatte. Nach einer Scheidung wäre er erledigt gewesen. Aus mit dem luxuriösen Leben. Nichts würde es ihm nützen, dass er mehr im Oberstübchen hatte als alle zusammen. Dann könnte er sich wieder anstellen, um Warzen mit Schöllkraut und Halsweh mit Spitzwegerich zu besiegen. Und wieder von Lazarus erzählen und ausrufen: »Der Tod ist ein Skandal!« Über das übliche hohe Niveau hinaus – Villa im »Hochnasenbezirk« – besaßen er und seine Frau eine niedliche Innenstadtwohnung – »weil es so lästig ist, nach der Oper noch hinauszufahren« –, fünf Autos, darunter drei Oldtimer, eine Acht-Meter-Jacht in Kroatien, eine komfortable Skihütte in St. Johann in Tirol und als eiserne Reserve einen Wald nahe der tschechischen Grenze. Er verdiente gut als Internist. Aber so gut verdiente er nicht. Dieser Strom floss von der Seite seiner Frau in sein Leben. Mehrmals hatte er Mirjam vorgeschlagen, eine Wohnung zu mieten, in der sie sich treffen könnten. Die sie ganz nach ihrem Geschmack einrichten sollte. Wovor ihm bereits in Gedanken grauste.

Mirjam hörte ihm bei diesem Thema nicht einmal zu. Er war verknallt in sie, in ihren Hintern und in ihre Stimme. Wenn sie ihm etwas vorsang, hätte sie viel von ihm haben können. Sie konnte alles singen – Oper, Rock, Musical. Sie konnte auch jodeln, das war ihm das Schönste. Nie habe er eine solche Musikalität erlebt. Sie habe keine Ahnung von der Oper gehabt, wird er vor dem Inspektor schwärmen. »Und dann habe ich ihr einmal eine Arie aus *Norma* vorgespielt, Maria Callas, sie hat es sich angehört und dann fehlerfrei und nicht viel schlechter als die Callas nachgesungen. Ich habe den Mund nicht mehr zugekriegt, so ein Naturtalent.« Wenn sie sang, meinte er, sie sei mehr. Er hielt nicht viel von ihr. Sie schimpfte, aber sie klagte nicht. Es ist doch eigenartig, dass man von den Zufriedenen nicht viel hält. Sie war heroinsüchtig und ohne Empathie und gierig wie alle Süchtigen, aber sie beklagte sich nicht über ihr Los. Dinge wie eine Suite im teuersten Hotel oder einen Pelz nahm sie einfach, über die ersten heißen Kastanien des Jahres aber freute sie sich. Sie war vor ihm im Hotel gewesen, er hatte ihr eine kleine Tüte mitgebracht, und vor Freude hatte sie ihm auf der Stelle einen geblasen. Wenn sie sang, dachte er, so singen kann man nur, wenn man auch intelligent ist. Sogar das Wort »weise« war ihm in diesem Zusammenhang schon in den Sinn gekommen. Wären die Drogen nicht gewesen, hätte sie ein Star werden können. »Manchmal«, wird er zum Inspektor sagen, »kam mir der Verdacht, sie will nur eines von mir: Drogen.« Sie selber habe nicht viel von ihrer Musikalität gehalten. Weil ihr das Singen so leicht fiel. Das war sehr traurig. Sie habe zu ihm einmal gesagt: »Wenn *ich* etwas kann, was kann das schon wert sein.« Das sei doch traurig, traurig, traurig, wird Jochum zum Inspektor sagen, und der Inspektor wird Tränen in den Augen haben. Und das Traurigste: »Sie hat das ohne jede Bitterkeit gesagt. Als bloße Feststellung. Wie wenn ein Mann sagt, er kann keine Kinder bekommen.« Da habe er nicht anders gekonnt, als sie in die Arme zu nehmen und sie zu küssen und zu streicheln und ihr zu sagen, sie sei etwas ganz Einmaliges, das Kostbarste, das ihm in seinem Leben passiert sei. Angenommen, er müsste sein Leben opfern, um ihres zu retten, nur einmal angenommen: Sofort, auf der Stelle, wäre er dazu bereit. So weit sei er gegangen, ihr zu versprechen, wenn sie es wolle, werde er sich von seiner Frau scheiden lassen. Ja, in diesem Augenblick sei er zu allem bereit gewesen.

Er hatte Zugang zu Drogen. Das war ihr recht. Eine Scheidung von seiner Frau war für sie kein Thema.

Sucht

Mit vierzehn hatte Swini begonnen zu rauchen. Mit sechzehn kaufte er sich regelmäßig Zigaretten. Mit zwanzig rauchte er zwei Schachteln am Tag. Mit fünfundzwanzig wechselte er zu den teuren *Marlboro*, weil er ein gutes Gehalt bekam. Mitte zwanzig versuchte er zum ersten Mal, sich das Rauchen abzugewöhnen. Nach drei Wochen begann er wieder. Schließlich schaffte er es. Zwölf Jahre hatte er nicht geraucht, dann lernte er eine Raucherin kennen. Sie war eine Lustige. Swini zündete ihr manchmal die Zigarette an. Als sie ein Jahr später mit ihm Schluss machte, war er wieder bei zwei Packungen pro Tag. Er rauchte zehn Jahre, dann versuchte er einen Entzug mit Nikotinpflaster. Nach weiteren drei Jahren versuchte er es erneut. Diesmal gelang es. Er rauchte nicht mehr. Er war überrascht, wie leicht es ihm gefallen war. Er rührte nie wieder eine Zigarette an.

Ab seinem zehnten Lebensjahr goss ihm sein Vater beim Mittagessen ein wenig Weißwein ins Mineralwasser. Damit Geschmack war. Swini behielt diese Gewohnheit bei. Zu jedem Essen trank er einen Gespritzten. Bier schmeckte ihm nicht. Er war dreißig, als er den Whisky entdeckte. Viele Jahre trank er nur am Abend. Die Werbung von *Johnny Walker* gefiel ihm – »der Tag geht, Johnny Walker kommt«. Bald trank er keinen Whisky mehr, sondern Wodka. Zu Wodka sagte er im Stillen Medizin. Er trank ihn ohne Genuss und nur in kleinen Schlucken. Aber immer öfter. Wodka beruhigte ihn. Er wachte auf, und es graute ihm vor dem Tag, er trank einen kleinen Schluck Wodka auf nüchternen Magen und wurde ruhig. Und nach dem Frühstück trank er wieder einen Schluck. Dafür trank er, wenn der Tag ging, keinen Whisky. Aber Wodka. Mit fünfunddreißig gestand er sich ein, dass er Alkoholiker war. Die Entziehungskur hatte Erfolg. Fünfzehn Jahre war er trocken. Dann begann er wieder zu trinken. Moderat. Den Schnaps mied er. Dann trank er auch wieder Schnaps. Er entschied sich erneut für eine Entziehungskur und wurde erneut rückfällig. Dann trank er von einem Tag auf den anderen nichts mehr. Er wunderte sich, wie leicht es ihm fiel. Manchmal trank er Gin, aber er betrank sich nur selten.

Bei einer Hausdurchsuchung fand er ein Kuvert mit Kokain. Er steckte es ein, meldete es nicht. Wochenlang lag es in seiner Küche hinter dem Besteckkasten. Irgendwann zerhackte er mit seiner Kreditkarte eine körnige Prise und schnupfte sie mit einem zusammengerollten Schein. Als das Kuvert leer war, besorgte er sich im Stadtpark Nachschub. Zwei Jahre lang gab er einen Großteil seines Geldes für Kokain aus. Vom Arzt ließ er sich Valium verschreiben. Der Arzt sah ein, dass jemand mit einem solchen Beruf ein Beruhigungsmittel brauchte. Meistens nahm er das Kokain zusammen mit dem Valium. Oder zusammen mit Captagon oder anderen Amphetaminen. Endlich meldete er sich in einer Spezialklinik an. Sein gesamtes Erspartes ging drauf, auf das Haus seiner Mutter nahm er einen Kredit. Er beichtete ihr seine Sucht. Alle seine Süchte beichtete er ihr. Er tat es, damit ihn sein schlechtes Gewissen zur Änderung seines Lebens peitschen möge.

Als er endgültig mit dem Rauchen aufgehört hatte, gewöhnte er sich an, Karamellbonbons zu lutschen. Er hatte Süßes immer gemocht, nun aß er davon übermäßig. Er wurde fett. Diese Sucht quälte ihn am längsten, er nahm ab und nahm zu, nahm ab und nahm zu. Sein Blutdruck stieg. Bis zu fünfzig Mal am Tag legte er sich das Blutdruckmessgerät um das Handgelenk. Im Internet fand er ein Forum für Blutdruckmessjunkies.

Dann schenkte ihm Elvira das Leinensäckchen mit den Bibelstellen. Erst hielt er sich an ihren Rat, täglich nur einen Zettel zu ziehen. Dann zog er zwei, dann drei, dann zehn, schließlich verließ er die Wohnung nicht, ohne die Bibel und das Leinensäckchen in seine Aktentasche zu stecken.

Utans Totenreich

Herr Inspektor, darf ich ein Kärtchen ziehen? Schütteln Sie gut, damit der Zufall groß ist! Darf ich noch einmal? Und noch einmal? Und ein viertes Mal?

Habakuk 2,5 – Wahrhaftig, der Reichtum ist trügerisch, wer hochmütig ist, kommt nicht ans Ziel, wenn er auch seinen Rachen aufsperrt wie die Unterwelt und unersättlich ist wie der Tod …

Utan, halber Affe, wird über den Friedhof gehen. Haar wird ihm über die Stirn hängen. Fransen werden in die Augen hängen. Sein Gang wird schludrig sein. Seine Cowboystiefel werden knacken. Die Hände wird er an die Brust halten. Verfrorene Hände, rot sind sie und mit Schrunden. Obwohl der halbe Affe nicht arbeitet. Unter der Lederjacke verbirgt er die Axt. Er geht zu dem Bäumchen, in dem der Wichtelmann wohnt. Wichtelmanns Häuschen ist heute zugesperrt. Wichtelmanns kleiner Ofen ist kalt.

Habakuk 2,11 – Es schreit der Stein in der Mauer und der Sparren im Gebälk gibt ihm Antwort.

Utan schüttelt das Bäumchen. Die Drogen haben ihm die Kraft genommen und schon den halben

Kopf. Ein halber Affe mit halbem Kopf ist er. Er versteckt die Axt im Baum. Noch ist es hell. Und geht wieder nach Hause. Zu Hause ist er, wo er geduldet wird. Wo er geduldet wird, wird ihm ein Schlüssel gegeben.

Offenbarung 1, 18 – Ich war tot, doch nun lebe ich in alle Ewigkeit, und ich habe die Schlüssel zum Tod und zur Unterwelt.

Er setzt sich eine Spritze, legt sich auf Samiras Bett, das von Schokolade verschmiert ist. Samira steht unten im Hof herum. Er hat sie gesehen, als er vom Friedhof kam. Wolf hat zu tun. Orang hat zu tun. Mirjam hat zu tun.

Utan schläft ein. Er steigt durch das Totenreich. Der Tod will ihn fressen. Es ist noch zu früh. Gleich kannst du mich haben. Er fürchtet sich nicht, auch nicht vor kalten feuchten Schnauzen.

Mirjam und Samira sperren die Wohnung auf, fröhlich wie zwei Schwestern sind sie, von der Andacht kommen sie, nach Weihrauch riechen sie. Mirjam singt: »If I give my heart to you.« Samira klatscht sich den Takt auf die Schenkel.

Es gibt Salami und Pecorino. Orang hat eingekauft, von seinem Geld, sein Beitrag zur Trauer, dann ist er gegangen. Die Käserinde stinkt, es ist ein Eins-a-Käse. Mirjam trinkt Rotwein, sie trinkt aus einem geschliffenen Glas. Es ist ein Eins-a-Rotwein. Eine Kerze brennt auf dem Tisch. Die ist für Poppele.

»Wir denken jetzt an Poppele«, ruft Mirjam. »Wir stoßen auf unser totes Poppele an!«

Mutter und Tochter trinken aus einem Glas, auf dass das tote Poppele in den Himmel kommt.

Herr Inspektor, es war so, wie ich Ihnen sage: Utan ist aufgewacht, hat aus Samiras Zimmer gerufen: »Darf ich zu euch kommen?«, und Mirjam hat ihm Wein eingeschenkt. Er hat sich zu ihnen gesetzt.

»Habt ihr«, fragt Mirjam, »in der Schule schon von der Erbsünde geredet?«

»Das weiß ich nicht«, sagt Samira.

»Sie schreiben schon Aufsätze«, sagt Utan.

»Mama«, sagt Samira. Sie sieht, dass Mirjam weint. »Mama«, sagt sie wieder.

»Was lernt ihr eigentlich?«, fragt Mirjam.

»Wir schreiben Aufsätze«, sagt Samira. »Letzte Woche haben wir den ersten Aufsatz geschrieben.«

»Warum weiß ich das nicht?«

»Das macht doch nichts, Mama.«

»Warum erzählst du nichts zu Hause?«

»Sie hat schon erzählt«, sagt Utan. »Mir hat sie's erzählt. Und Wolf hat sie's erzählt.«

»Das Thema war«, sagt Samira und streichelt Mirjams Hand, »*Wenn ich ein Hund wäre.*«

Herr Inspektor, haben Sie Menschen kennengelernt, die nie in ihrem Leben geweint haben, nur einmal, nur ein einziges Mal? So ein Mensch ist Mirjam. Und die Tränen fließen, fließen über die Wangen, über das Kinn, tropfen auf die Seidenbluse, die Wolf ihr aus Amsterdam mitgebracht hat, purpurrote Seide, auf der man jeden Tropfen sieht.

»Glaubst du, dass es Menschen gibt, die verstehen können, was die Tiere reden?«

»Ich kann es mir nicht vorstellen, Mama«, sagt Samira. »Weiß Wolf, ob es solche Menschen gibt?«

»Der weiß es sicher nicht, gerade der nicht«, sagt Mirjam. »Es gibt Menschen, die verstehen, was die Leber im Leib sagt und was die Nieren und die Lunge und der Darm sagen. Solche Menschen gibt es, ich weiß es.«

»Darf ich mich noch eine Stunde in dein Bett legen?«, fragt Utan.

Samira nickt nur. Sie mag Utan nicht ansehen. Sein Gesicht ist geschwollen. Er kaut von dem Knäckebrot, das in Orangs Geschenkkorb war. Er kriegt sonst nichts runter. Er nimmt einen Schluck Wasser, behält ihn im Mund, bis das Knäckebrot zu einem Schleim aufgeweicht ist, dann schluckt er alles zusammen hinunter.

»Und kein Wort über die Erbsünde?«

»Ich weiß davon wirklich nichts, Mama«, sagt Samira. »Mama, Mama.«

Habakuk 2,19 – Weh dem, der zum Holz sagt: Erwache!, und zum stummen Stein: Wach auf!

Um Mitternacht wird sich Utan erheben. Er wird aus dem Haus schleichen. Die Cowboystiefel werden zum Friedhof klappern. In der Leichenhalle brennen zwei Kerzen auf hohen Leuchtern. Ein Weihwasserkessel hängt an der Schnur. Der Kindersarg ist weißgold gestrichen und mit hellblauen Schleifen verziert. Utan nimmt den Sarg unter den Arm und geht.

Der Wichtelmann im Baum hört ihn kommen und löscht sein Licht. Utan nimmt die Axt aus dem Baum. Er fällt den Baum. Er hackt ihn in Stücke, die trägt er zu den Containern. Er setzt sich neben den Sarg in das feuchte Gras und probiert das Vaterunser. Auf dem Grab neben dem Baumstumpf stehen viele rote Kerzen, die leuchten und sollen etwas sagen. Utan fühlt sich so groß vor all dem Tiefen. Er schaufelt. Und schlägt in die Erde mit der Axt. Und schaufelt mit der Axt ein Grab. Er arbeitet, bis er nicht mehr kann. Er setzt seinen linken Fuß in das Loch. Tief bis zum Schenkel ist es. Er küsst den Sarg und legt ihn ins Loch. Mit den Händen schiebt er die Erde darüber. Mit den Stiefeln drückt er sie fest. Mit den bloßen Füßen stampft er sie glatt.

Er wird nicht nach Hause gehen. Er wird sich bei der Polizei melden.

»Ich habe das Kind getötet«, wird er sagen. »Weil es so viel geschrien hat und nicht aufhören konnte.«

Der Inspektor wird sagen: »Ich glaube Ihnen nicht.«

»Ich war es«, wird Utan sagen. »Mein Name ist Karl Spirig.«

Wölfe in der Stadt

Swini erwachte mitten in der Nacht vor Durst, sein Bett war durchgeschwitzt. Er trank, ohne zu schlucken. Er kniete vor dem Eisschrank und trank, ohne zu schlucken, aus einer Zupackmilch. Wie ein Menschentier.

Da hörte er von draußen die Wölfe. Er blickte aus dem Fenster. Er sah nichts. Es gibt Wölfe in den Städten. Es gibt Wölfe in unserer Stadt. Erst heult einer, dann zwei, dann heult das ganze Rudel.

Er zog das nasse Laken und die Tuchent vom Bett und legte sich auf die blanke Matratze. Das Federbett war klumpig von seinem Schweiß. Gleich werde ich alles frisch überziehen und mich duschen und mir die Zähne putzen, nahm er sich vor, da war er wieder eingeschlafen und wieder aufgewacht und dachte wieder, was, wenn ich verrückt werde.

Er schaltete den Computer ein. Tippte »Angst, verrückt zu werden« in die Suchmaschine. Er fand Foren. Las Gespräche über Panikattacken. Einer schrieb, es sei ein sicheres Zeichen, dass man verrückt wird, wenn einem auf einmal Musik nicht mehr gefällt. Warum höre ich nie Musik, dachte er. Er schrieb: »Was ist mit denen, denen Musik nie gefallen hat? Waren die immer schon verrückt oder sind die normal?« Er löschte die Zeile wieder. Bin ich ein tonloser

Mensch? Kenne ich nur das Geheul? Es war nicht so, dass er das Radio abschaltete, wenn Musik kam. Aber in eine »tiefe emotionale Stimmung«, wie »Max« im Forum schrieb, versetzte ihn Musik nicht. Bisher hatte ihn das nicht gestört. Musik war da, und er war da. Gleich morgen, nahm er sich vor, gehe ich in einen CD-Laden und decke mich ein. Er spürte ein Kribbeln an der linken Wange und dachte zunächst an einen Luftzug, bis es sich über das gesamte Gesicht ausbreitete und schließlich in die Arme wanderte. Sein Puls hüpfte, ihm wurde schwindelig, und er konnte nicht mehr klar denken und dachte: Ich habe einen Infarkt, um Gottes willen!

Wieder hörte er das Wolfsgeheul. Sie heulen ihr Lied, dachte er, das Fresslied, sie wollen fressen, sie sind bluthungrig, so ist ihre Natur. Wieder ging er zum Fenster, riss es auf, und nun sah er sie. Unter der Laterne standen sie. Erst ein Wolf im Rosenbeet, dann zwei, schließlich das ganze Rudel, und sie heulten zu seinem Fenster hinauf. Die Rosen rochen nach Aas.

Er zitterte, zog sich eine frische Unterhose und ein frisches T-Shirt an und fuhr, ohne nachzudenken, ohne seine Wohnung abzusperren, mit dem Lift ins Dachgeschoß. Elvira öffnete, sie erschrak, als sie ihn so stehen sah, selber trug sie ein langes weißes T-Shirt, war gerade aus dem Bett gekrochen, noch warm.

Er sagte: »Bitte, darf ich zu dir schlafen.«

Er hatte das Fenster in der Wohnung offen gelassen, die Tauben flogen ein, und die Wölfe sprangen ihnen nach und zerbissen sie, weil sie das einzige Lebendige hier waren, und die Federn flogen.

»Du hörst, wie die Leber redet?«

Dann war Mirjam schwanger geworden. Jochum hatte nicht gezweifelt, dass er der Vater war. Sex bedeutete ihr wenig. Darum bewegte sie sich auch nicht im Bett. Es sei also nicht damit zu rechnen gewesen, erzählte er dem Inspektor, dass sie einen anderen hatte, der erstens so großzügig war wie er, zweitens Zugang zu so gutem Stoff hatte. Ihn habe, das müsse er zugeben, sehr gewundert, wie locker Mirjam damit umgegangen sei, dass sie schwanger war. Er persönlich habe keine Freude damit gehabt. Wenn seine Frau zu Hause erfahren hätte, dass eine andere ein Kind von ihm erwartete, hätte sie sich mit ihrem Vater kurzgeschlossen, und der hätte die besten Anwälte beauftragt, ihn in Grund und Boden zu stampfen.

Mirjam drohte nicht. Dass er Geld rausrücken solle oder so. Es wäre dafür die günstigste Gelegenheit gewesen. Sie wollte gar nicht, dass sich etwas änderte. Sie wollte nur ihre Sicherheit. Ihre Sicherheit war Geld. Regelmäßiges Geld für das Kind. Fair viel. Sie werde niemandem verraten, dass das Kind von ihm sei. Er dachte, das Kind wird nicht viel teurer kommen als eine heimliche gemeinsame Wohnung, von der jetzt nicht mehr die Rede war.

Jochum sagte: »Gut, Mirjam. Ich bin kein Schwein.

Ich bin dir dankbar, dass du keine Sekunde gedacht hast, ich sei ein Schwein. Ich werde selbstverständlich für unser Kind sorgen.«

Er legte sein Ohr auf ihren Bauch. Sie kicherte. Was es denn da zu hören gebe. Das Kind sei erst so groß wie ein Fingernagel oder wie der kleine Finger oder wie der Schwanz seines Vaters.

»Weißt du nicht, dass ich der beste Diagnostiker weit und breit bin?«, sagte er und rutschte mit seinem Ohr vom Nabel abwärts. »Und was denkst du, warum ist das so?« Bevor sie eine unheilige Bemerkung machen konnte, redete er weiter. Man hatte ihm nicht nur einmal gesagt, er könne eindringlich reden. Und so redete er jetzt. »Das kommt daher, weil ich die Organe hören kann. Die Leber erzählt mir, was ihr fehlt. Und ich spreche es aus. Und die Kollegen staunen. Weil sie nichts hören und nie etwas hören werden. Das ist alles.«

»Aber das ist jetzt ein Scheiß, oder?«

»Nein, Mirjam, nein.«

»Du hörst, wie die Leber redet?«

»Die Leber und die Niere und die Lunge und der Darm.«

»Und wie redet zum Beispiel der Darm, ha?«

»Der Darm singt, der redet nicht.«

»Aber das ist jetzt ein Scheiß, oder?«

»Der Dünndarm Sopran, das Colon Bariton, der Mastdarm Bass.«

»Der Mastdarm Bass, hab ich mir gedacht.«

Sie wand sich unter ihm hervor und zog ihn zu sich nach oben und streichelte über seinen Kopf und klopfte mit dem Finger auf seine Stirn. »Du willst hören, was meine Muschi sagt, stimmt's? Wahnsinn, aber ich weiß nicht, ob ich dir das glauben soll. Und wenn wir miteinander schlafen, dann hörst du dabei, was in mir so geredet wird? Das kann ich mir nicht vorstellen. Tust du das? Das tust du, ich kenn dich, das ist ja ekelhaft.«

Er merkte, dass er sich um einen Vorteil brachte. »Ich höre nur etwas, wenn ein Organ krank ist«, sagte er. »Bei dir höre ich nichts.«

»Aber du sagst immer, dass mich das Gift krank macht. Dann ist es ja eh gut. Wenn du nichts hörst.«

»Ich hätte nicht damit anfangen sollen«, sagte er. Er wollte seine Rätselhaftigkeit nicht verspielen. Aber er wollte auch nicht, dass ihr der Sex mit ihm merkwürdig vorkam. Und es wäre doch merkwürdig, wenn einer lauscht, was die Organe dabei sagen.

»Nein«, sagte sie, »red weiter, ich hab das gern. Mir hat nie einer so einen Wahnsinn erzählt. Kannst du mit Tieren auch reden?«

»Nein, das kann ich nicht.« Er nahm ihre Hand und legte sie sich auf sein Geschlechtsteil und bewegte sie langsam. Aber als er losließ, zog sie ihre Hand zurück. »Reden kann ich nicht mit ihnen. Aber ich kann hören, was sie sagen.«

»Wenn sie krank sind, oder?«

»Alles gelogen, Mirjam. Ich hab einen Witz gemacht.«

»Das glaub ich dir nicht. Ich glaub, du bist so wahnsinnig und hörst in alle hinein, in die Menschen, in die Hunde, in alle. Du bist pervers, das ist doch pervers, also wenn das nicht pervers ist, dann weiß ich nicht, was pervers ist.«

Sie stand nicht auf vom Bett, und sie zog sich nicht an. Mit ihm schlafen wollte sie nicht. Aber sie befriedigte ihn mit der Hand.

Er schlug ein Methadonprogramm vor. Ganz offiziell beschaffte er ihr die Rezepte. Das war er dem Kind schuldig, fand er. Offiziell war sie immer noch seine Patientin. Es kitzelte ihn, mit seiner Frau zu Hause über diese Patientin zu sprechen. Sein »Sorgenkind«. Seine Frau sagte: »Hast du wieder ein Sorgenkind. So bist du. Ein guter Mensch bist du.« Sie fragte manchmal: »Wie geht es unserem Sorgenkind?« Dann erzählte er, blieb weitgehend bei der Wahrheit, erzählte sogar vom Liebhaber des Sorgenkindes, aus dem er einen Wirtschaftsanwalt machte.

Mirjam war mit dem Methadon einverstanden. Aber bald war ihr der Becher mit dem Saft jeden Nachmittag in der Apotheke zu wenig. Sie jammerte. Sie versuchte wieder nicht, ihn zu erpressen.

Aber sie jammerte. Sie jammerte und war zugleich zufrieden. Jochum blieb streng.

Das einzig Erpresserische: kein Sex mehr. Obwohl sie damit eigentlich nichts erpresste. Sie sagte ja nicht: entweder Sex oder. Sie wollte einfach nicht mehr. Aber sie trafen einander weiter im Hotel. Und jedes Mal sagte sie: »Ich freu mich. Freust du dich auch? Ich freu mich so auf das Poppele!«

Er fragte: »Und wie soll es heißen?«

»Weiß ich noch nicht«, sagte sie. »Wenn es da ist, weiß ich es.«

Dann war es da, und sie wusste es immer noch nicht. Den Hund nannte sie Hund, das Kind nannte sie Poppele.

Auf nassem Laub ausgerutscht

Im Hof, auf dem Weg von den Montebellos, erfuhr Samira etwas Trauriges. Sie hätte es lieber nicht erfahren.

Die Typen standen beieinander. Einer zündete die Zigarette an der Zigarette des anderen an. Nur einen kannte sie beim Namen. Den Elmar. An manchen Abenden, immer seltener, hatte er die Haare in der Mitte zu einem spitzen Kamm auffrisiert und mit Haarspray hart gemacht, damit sie so blieben. Aber er war nicht so, wie er sein wollte. Zu dickes Gesicht. Wie ein Apfel mit Stiel. Darum ließ er es inzwischen. Auch, weil das Gesicht noch dicker geworden war.

Elmar weinte.

Samira erfuhr, dass Elmars Freund tot war. Schon seit vier Tagen. Mit dem Moped. Ausgerutscht auf dem feuchten Laub und unter den LKW. Keine Chance. Im Krankenwagen verstorben. Zugedeckt im Krankenhaus angekommen. Gleich ins Kellergeschoß gebracht worden.

»Sie haben seinen Namen nicht gewusst«, schluchzt Elmar, die Haare hängen ihm kreuz und quer über die glatt rasierten Schädelhälften, rechts und links und über die Stirn bis in die nassen Augen hinein. »Sie haben nicht einmal seinen Namen gewusst.«

»Und dann?«, fragt einer. »Kriegt er jetzt keinen Namen aufs Kreuz?«

»Er hat ja einen drauf. Hast du das nicht gesehen? Wo hast du denn hingeschaut?«

»Mir wär das wurscht«, sagt ein anderer. »Wenn man auf die Welt kommt, hat man auch keinen Namen.«

»Klar hat man einen Namen«, sagt ein Dritter.

»Die Natur hat keinen Namen. Ein Name ist ausgedacht.«

»Aber schon vorher. Die Eltern wissen doch den Namen. Und wenn du auf die Welt kommst, hast du einen.«

»Unseres hat immer noch keinen Namen«, sagt Samira. »Wir sagen einfach Poppele.«

»Das ist auch ein Name.«

»Das ist kein Name. Das ist eine Sauerei!«

»Es wird Wolf heißen«, sagt Samira schnell. Das ist ihr gerade so eingefallen. Aber sie findet, es ist eine gute Idee.

»Hab ich den gekannt, der gestorben und begraben ist?«, fragt sie.

»Nein.«

»Nein.«

»Sicher nicht.«

»Und sonst?«, fragte einer.

Tatsächlich fragte sie einer von denen etwas. Als würde sie zu ihnen gehören. Drehte den anderen den Rücken zu und fragte sie etwas. Als wäre sie wichtiger als die anderen. Sie hatte Blut vom Wolf. Darum hatten sie Respekt vor ihr.

»Was meinst du?«, fragte sie.

»Wie geht?« Er sagte nicht: Wie geht's? Er sagte: Wie geht? Dafür war er berühmt. Viele sagten es ihm schon nach. Er wünschte, sie würde Wolf davon erzählen. »Wie geht, Samira?« Richtete dabei den Finger auf sie wie eine Pistole. Dafür war Wolf berühmt.

»Ich habe heute Geburtstag«, sagte sie.

Er griff in seine Hosentasche und holte ein Zippo heraus. »Schenk ich dir zum Geburtstag. Wenn du einmal rauchst, kannst du es brauchen.«

»Danke«, sagte Samira.

»Ist heute ein trauriger Tag, wir kommen von Schuggis Beerdigung. Auf dem nassen Laub ausgerutscht und direkt unter die Räder der Müllabfuhr. Das hat er nicht verdient.«

»Heißt er Schuggi?«

»Ja, er heißt Schuggi.«

»Aber Schuggi ist doch kein Name.«

»Und trotzdem heißt er Schuggi.«

»Heißen viele Schuggi?«

»Manche.«

»Ich kenne keinen.«

»Ich kenne auch nur ihn. Und er ist nicht mehr.«

»Vielleicht war er der einzige Schuggi.«

»Das glaube ich nicht.«

»Glaubst du, es gibt noch jemanden, der Schuggi heißt?«

»Davon kannst du ausgehen.« Dann wandte er sich wieder seinen Kollegen zu.

Elmar fragte: »Hat einer von euch schon einen jungen Toten in der Familie?«

»Ich«, sagte einer. »Mein Bruder hat sich mit sieben aus Versehen an einer Rottanne erhängt. Hat verschiedene Knoten am Wäscheseil ausprobieren wollen. Da war ich noch gar nicht auf der Welt. Da war ich gerade im Bauch von der Mama. Ich heiße wie er.«

Kurz war es still. Das Laub segelte von den Linden. Es nieselte. Die Typen drückten die Arme an ihre Oberkörper, klamm war es, klamm und feucht.

Brennende Frauen, brennende Bäume

Im Lift traf Samira die Friseurin. Groß, hoher Kopf. Haare wie Buchenlaub im Herbst. Umrisse der Lippen tätowiert. Augenbrauen fette schwarze Balken. Der Busen feucht glänzend.

»Ich habe heute Geburtstag«, sagte Samira.

Die Friseurin beugte sich zu ihr hinunter und küsste sie auf die Stirn. Sie roch streng nach Haarspray, hätte man sie angezündet, zum Beispiel mit dem Zippo, wäre sie explodiert.

»Ich lade dich zu einer Frisur ein«, sagte sie.

Wie sie vor ihr stand, hätte sie ein Baum sein können. Orang hatte einmal eine Geschichte aus Portugal erzählt. Dort war er gewesen und hatte in einem feinen Restaurant gelernt, wie man Kuchen macht. Die portugiesischen Kuchen sind die besten der Welt. Es gibt Kuchen dort, die werden nicht mit Butter, sondern mit Schweineschmalz angerührt. Orang hatte erzählt, dass in Portugal Bäume wachsen, die explodieren können. Diese Bäume haben ein Harz, das ist wie Brennöl. Im Sommer herrschen in Portugal manchmal Temperaturen von über 40 Grad. Und da kann Folgendes passieren: Es regnet. Aber es regnet nur ganz kurz. Es regnet zu wenig. Die Luft kühlt nicht ab. Auf den Blättern und Ästen der Bäume liegen Regentropfen. Nun scheint die

Sonne wieder, die unbarmherzige. Die Regentropfen wirken wie ein Brennglas. Ein winziger Funke zündet, und schon explodiert der ganze Baum mit einem ungeheuren Knall. Jeder Vogel, der auf einem Ast gesessen ist, ist tot. Jeder Käfer, der gerade über den Stamm hinaufgekrochen ist, ist tot. Jeder Wurm, der in einem Loch der Rinde gewohnt hat, ist tot. Es ist auch schon vorgekommen, dass ein explodierender Baum den nächsten angezündet hat und der den übernächsten und so weiter. Und so ist ein ganzer Wald explodiert, und kein Leben war mehr in dem Wald.

Samira rückte ein Stück von der Friseurin weg. Falls sie explodierte, hätte die Explosion auf sie übergreifen können.

»Sollen wir uns gleich einen Termin ausmachen?«, fragte die Friseurin.

»Ich muss erst mit der Mama reden«, sagte Samira.

»Warum?«

»So.«

Die Friseurin hob die Schultern und drehte sich zum Lift.

Eine unheimlich tolle Nachricht

Aber dann war Samira einer von den Typen im Hof nachgerannt. Nämlich der, der ihr das Zippo geschenkt hatte. Der mit den großen Hungeraugen, dem man ansehen konnte, wie er mit vierzig aussehen wird, der schon Kerben neben dem Mund hatte und doch erst fünfzehn war. Der war Samira ins Stiegenhaus nachgelaufen, hatte mit dem Revolverzeigefinger die Friseurin gegrüßt. Verlegen war er gewesen. Hatte herumgedruckst und gewartet, bis der Lift mit der duftenden Friseurin nach oben abgefahren war.

Samira weiß doch, dass er Schlagzeug spielt. Das weiß sie. Und sie weiß auch, dass Schuggi den Bass gespielt hat in der Band. Den E-Bass, einen alten Fender von seinem Vater. Das allerdings wusste sie nicht. Auch, weil sie nicht so genau wusste, was ein E-Bass ist. Obwohl sie das Wort schon oft gehört hatte. In der Band ihrer Mama hatte auch ein E-Bass gespielt. Da war sie aber noch zu klein gewesen. Sie haben noch keinen Ersatz für Schuggi gefunden. Aber man sucht. Einen Gitarristen findet man leichter. Schlagzeug sowieso. Das kann jeder. Bass will niemand spielen. Aber sie finden einen. Das Blöde ist nur, Schuggi war auch der Sänger. Ein besonders guter Sänger war er nicht. Ob man das sagen darf, wo er jetzt tot ist? Aber er hat selber immer gesagt, er ist kein besonders guter Sänger. Das ist sowieso selten, dass der Bassist auch der Sänger ist. Aber auf den Sänger kommt es an.

»Wer bist du? Wie heißt du eigentlich?«, fragt Samira.

»Ich?«

»Ja.«

Der Kragen ist ihm viel zu weit. Ein Leben lang wird er Hemden mit zu weitem Kragen tragen, er wird die Hemden immer über der Hose tragen und offen, darunter ein T-Shirt, karierte Hemden, einfarbige T-Shirts. Und grobe Schuhe. Und immer wird man ihn leicht aus der Fassung bringen können.

Er hat ja gedacht, Samira weiß, wie er heißt. »Ich heiße Konrad. Konni.«

»Das weiß ich doch.«

»Hast nur so getan?«

»Hab nur so getan.«

»Ich tu auch oft nur so.«

»Wie?«

»Als wüsste ich etwas nicht.«

»Warum?«

»Deckung.«

»Das verstehe ich nicht«, sagt Samira.

»Ich geh in Deckung«, sagt Konni.

»Jetzt versteh ich es«, sagt Samira.

Konrad hatte den Einfall gehabt, dass Samiras

Onkel der Band helfen könnte. Ob er der Manager sein könnte. Alle wissen, dass er Ideen hat. Man weiß, dass Wolf in Amsterdam gewesen ist. Amsterdam, das wär's. Ob Wolf vielleicht einen Gig in Amsterdam organisieren könne. Sie wollen die Band, jetzt nach dem Tod von Schuggi, auf professionelle Beine stellen. Samira könnte ihren Onkel fragen, ob ihm ein Name für die Band einfällt.

Und die unheimlich tolle Nachricht: »Es ist ja bekannt, dass Gut-singen-können vererblich ist, und alle wissen ja, wie gut deine Mama singen kann, und da haben wir gedacht, wenn wir in drei Jahren zum Beispiel berühmt sind, weil dein Onkel Wolf uns managt, dann könntest du bei uns Sängerin werden.«

Dass sie dann aber erst zwölf ist, sagte Samira. Das genau, sagte Konni, findet er besonders gut und die anderen auch, das ist dann wie ein Markenzeichen.

»Der Name für die Band ist jetzt einmal das Wichtigste«, sagte er. »Glaubst du, dein Onkel redet mit uns?«

Ausflug ins Grüne I

»Darf man hier überhaupt?«, fragte Elvira.

Swini hatte sie zu einem Ausflug in das Naturschutzgebiet überredet. Picknick im Boot. Er hatte sich lange nicht mehr bei ihr gemeldet, und sie hatte ihn vermisst. Ohne Anlass rinnen manchmal die Tränen über seine Wangen. Er spricht zwischen Wachen und Schlafen. Es geschah, dass sie sich vorstellte, doch mit ihm eine intime Beziehung einzugehen, sah sich auf seiner nackten Brust liegen. Dann waren ihr Zweifel gekommen. Würde er das wollen? War sie attraktiv genug für ihn? Er war ein viriler Mensch, nicht gerade athletisch, er hatte dieses Verlebte im Gesicht, das ihr gefiel. Ob ihr Verlebtes ihm auch gefiel? Über fünfzig sollte man anständigerweise keinen Sex mehr haben. Wenn einem beim anderen nicht die pure Schönheit gefiel, was gefiel einem dann? Das Nichtschöne? Sie hatte sich eingebildet, in Swinis Augen ein Begehren zu sehen. Dieser Mann würde, dachte sie, auf zugezogenen Vorhängen bestehen. Ihr wäre das sehr recht. Und wenig Licht. Und seine Stimme zwischen Wachen und Schlafen.

»Ob man was darf?«, fragte er.

Sie sah die Chance einer Mehrdeutigkeit, wenn sie nicht antwortete, und antwortete nicht.

Hier war Urwald. Sie hatten sich mit seinem Rucksack und ihrem Picknickkorb an einem Zaun vorbeigedrückt. Hatten das Schild *Betreten verboten* ignoriert. Swini hatte angekündigt, da gebe es Boote, man brauche einfach nur zuzugreifen. Eines nehmen, ausleihen. »Und wenn jemand kommt?« Dann zeigt er den Ausweis. Polizei.

»Früher hätte das funktioniert«, sagte sie.

»Bei mir funktioniert es immer noch«, sagte er.

Das Boot war alt. Swini platzierte den Picknickkorb in der Mitte, er reichte Elvira die Hand und zog sie zu sich. Sie saßen einander gegenüber.

»Warum schließt du die Augen?«, fragte Swini.

»Ich kann schwimmen«, sagte sie, »falls du das meinst.«

»Ich pass auf dich auf«, sagte er.

Swini ruderte, Elvira hielt sich an den Seiten fest.

»Sind wir die einzigen hier?«, fragte sie.

Auf der anderen Seite war Bootfahren erlaubt, hier nicht. Obwohl die Sonne schien, war es kühl. Elvira legte sich die Decke über die Schultern. Sie trug ein hellblaues Kleid aus einem dünnen Stoff und darunter Jeans. Er war es längst gewohnt, Mördergedanken zu haben.

Sie hatte ihm in der ersten halben Stunde ihres Kennenlernens bereits von ihrer Schwester erzählt. Warum? Wusste sie, dass er Zeuge ihres Todes gewesen war? Ahnte sie es? Sie hätte Hellseherin sein müssen. War sie nicht. Ist niemand. Er dünstete seine Schuld nicht aus. Warum also? Weil sie immer noch trauerte? Nach fünfundvierzig Jahren? Das konnte sein. Was wusste er schon über Zwillinge. Aber er glaubte es nicht. Er hatte etwas anderes in ihrem Gesicht gelesen. Polizisten haben Mördergedanken. Und sie sehen Mördergedanken. Als die kleine Samira sein Büro betreten hatte, noch bevor sie ihre Geschichte erzählt hatte, wusste er, sie ist eine Mörderin. Sie war gekommen, um zu lügen. Sie hatte ihren Bruder getötet. Und in Elviras Augen hatte er etwas Ähnliches gesehen. Schlechtes Gewissen hatte er gesehen. Schuld. Manche seiner Kollegen behaupteten, sie würden Schuld riechen können. Er wusste, er war drauf und dran, verrückt zu werden. Er sah darin eine Alterserscheinung, mehr nicht.

»War sie besser als du?«, fragte er.

Sie nickte. »In vielem, ja«, sagte sie. Sie hatte sofort verstanden, was er meinte. »Und was schließt du daraus?«, fragte sie.

»Polizisten haben solche Gedanken«, sagte er.

Auf dem Wasser zu picknicken, gefiel ihr nicht. Das Boot schaukelte, und sie sagte: »Lass uns ans Ufer fahren, ich habe Angst.«

Er ruderte zurück, sie fanden einen Platz unter einer Weide.

»Wir könnten in Amerika sein«, sagte er, »wie das aussieht hier.«

»Und? Wäre das besser?«, fragte sie.

»Weiter wäre es«, sagte er.

»Wäre ich dabei?«, fragte sie.

»Sicher«, sagte er. »Warum nicht?«

Er ließ sich nach hinten fallen und verschränkte die Arme über dem Kopf. Die Blüten waren kleine weiße Sterne. Elvira ging über Schotterbänke, barfuß, streifte Springkraut, Lianen schlangen sich an Bäumen empor, da sah sie den Eisvogel, seine azurblauen Kopffedern, die dunkelblaugrünen Schwanzfedern, die rostfarbene Brust. Sie wollte Swini holen, aber dann hätte sie den Vogel verscheucht, so verhielt sie sich ruhig und ging in die Knie. Sie sah den kastanienbraunen Fleck unter jedem seiner Augen, sein Schnabel glänzte schwarz. Da hörte sie Swini nach ihr rufen, und schon flog der Vogel fort. Sie behielt für sich, was sie gesehen hatte, obwohl er so etwas Schönes verdient hätte.

Sie saßen lange, legten sich, als die Sonne hoch am Himmel stand, nebeneinander auf die Decke, berührten einander, so schauten sie in die Zweige.

Abend wurde, da sagte Swini: »Und alles ist grausam und ungerecht, und der Tod ist hässlich, und niemand weiß, warum Schmerzen notwendig sind. Und doch, da wette ich, alles ist notwendig und gut, wenn das Gleichgewicht gehalten wird. Und es wird gehalten, mehr gibt es dazu nicht zu sagen.«

Kleiner Roman über Utan

Es war einmal ein Mann, der hieß Karl Spirig. Er liebte alle Menschen, die ihm nichts Böses tun wollten. Mit Gutem rechnete er nicht. Er hatte einen Zwillingsbruder, der hieß Otmar, der war klüger. Wolf taufte die beiden neu, jeden nach einem halben Affen: Otmar-Orang, Karl-Utan.

Orang lebte so, als hätte er einen Plan und der Plan würde lauten: Je größer das Gute, desto kleiner das Böse, darum mach dir das Gute selbst, du kannst es.

Utan hatte keinen Plan. Außer, dass er dachte, irgendwann werde er etwas großes Gutes tun, und alles andere werde ihm verziehen.

Orang und Utan waren in armen Verhältnissen aufgewachsen, ihr Vater war Färber in einer Fabrik. Jeden Abend trank er zehn Flaschen Bier und blieb dabei dünn wie ein Skelett. Er rauchte die billigsten Zigaretten, die schon in der Schachtel ein Drittel von ihrem Tabak verloren, dafür rauchte er drei Schachteln am Tag. Die Mutter sagte nicht viel, aber was sie sagte, zählte. Nicht immer zählte es. Einmal verlor Utan im Turnsaal seine Uhr, da schlug ihn der Vater mit dem Gürtel halb tot. Orang hielt sich die Ohren zu, die Mutter war in den Hausflur geflohen. Bei den ganz großen Katastrophen verlor sie die Nerven. Sie selbst wurde nie geschlagen, nicht von ihrem Mann und bestimmt nicht von ihren Söhnen. Und hätte sie ein anderer geschlagen, und wär's nur eine Ohrfeige gewesen, der hätte es nicht überlebt. Ihre Söhne sahen aus wie gefährliche Affen. Wenn ihr Mann betrunken war, faselte er, würde seine Frau vor ihm sterben, er würde mit einem Boot auf den See hinausfahren und nicht wieder hereinkommen. Er besaß die Liechtensteiner Staatsbürgerschaft, das war sein Stolz. Er sagte, irgendwann werde er sie verkaufen und dann könnten sie auswandern.

Utan bedankte sich beim Vater. Dafür, dass er ihn nicht totgeschlagen hatte. Ich an seiner Stelle, dachte er, hätte mich wahrscheinlich totgeschlagen, weil ich den richtigen Zeitpunkt, mit dem Prügeln aufzuhören, nicht erwischt hätte.

Später wird Wolf zu Utan sagen: »Wenn keiner auf dich aufpasst, wirst du ein Mörder, und zwar einer von den beschissenen, die sofort erwischt werden.« Utan wird zu Wolf sagen: »Dann pass du auf mich auf!« Und Wolf wird sagen: »Das will ich. Wenn du mir absoluten Gehorsam versprichst, pass ich auf dich auf.« Genauso wird es Utan seinem Zwillingsbruder Orang weitererzählen, und Orang wird sagen: »Das glaube ich nicht, dass Wolf das gesagt hat.« Er wird Wolf zur Rede stellen und sagen: »Warum redest du so mit meinem Bruder?« Und Wolf wird sagen: »Man muss mit ihm so reden. Man muss mit ihm anders reden als mit dir. Er ist dankbar dafür. Vertrau mir!«

Die Zwillinge lernten schlecht, Utan schlechter als Orang, und als die Pflichtschule abgeschlossen war, wurden sie Hilfsarbeiter. Sie arbeiteten am Bau. Dort lernten sie Wolf kennen. Dieser große fesche Bursche mit den schwarzen Haaren und den überzeugenden Prinzipien bot ihnen eine Zukunft an. Er tat es lässig, wie wenn man jemandem eine Zigarette anbietet. Auch er hatte nichts gelernt, aber er vermittelte den Anschein von Klugheit und Stärke. Er verrichtete Botendienste nach der Arbeit. Seine Auftraggeber waren türkische Männer. Wolf war erst siebzehn. Orang und Utan halfen ihm. Sie schmuggelten die kleinen Pakete mit dem Fahrrad über die Grenze. Utan wurde erwischt. Er schlug um sich, versuchte zu kratzen und zu beißen. Weil er nicht volljährig war, kam es zu keiner Verhandlung. Sein Vater wurde verständigt, der zog den Gürtel aus der Hose, darauf folgte eine Woche Krankenhaus.

Und wieder bedankte er sich bei seinem Vater dafür, dass er ihn nicht totgeschlagen hatte.

Wolf sagte zu Utan: »Tu das nie wieder!«

Und zu Utans Vater sagte er: »Tun Sie das nie wieder!«

Mit der Zeit lernten die Zwillinge die Tricks. Wolf bezahlte ihnen den Führerschein, sie dealten in alle Richtungen, und alles lief bestens. Utan brachte seiner Mutter einen Teil des Geldes, sie fragte nicht, wie er es verdient hatte, versteckte es nur und sagte, zu gegebenem Anlass werde man es ausgeben.

Sie sagte: »Du musst jetzt gehen, Karli, gleich kommt Papa.«

Sie konnte Wolf gut leiden. Er sagte zu ihr: »Ich mach aus Ihren Söhnen etwas, Frau Spirig, darauf können Sie sich verlassen. Es braucht Zeit, und Leute wie wir müssen eben Umwege gehen. Wir sind eben keine Millionäre, Frau Spirig. Aber es wird schon, es wird.«

Dann war es Utan irgendwann langweilig. Und er war allein. Niemand passte auf ihn auf. Da öffnete er ein Briefchen und schnupfte Heroin. Er war so glücklich, das können Sie sich nicht vorstellen, Herr Inspektor! Es war die glücklichste Stunde in seinem Leben. Er erzählte seinem Bruder davon, wie Zwillinge einander immer alles erzählen. Er habe nicht geglaubt, dass der Mensch so glücklich sein könne, sagte er. Auch Orang probierte von dem Heroin. Glück würde er es nennen, sagte er, aber gut sei es auf jeden Fall. Eine Zeit lang nahmen sie Heroin durch die Nase. Dann meinten sie, es kann nicht so weitergehen. Utan spritzte sich. Orang hörte auf damit. Er begann eine Lehre als Konditor und stellte sich sehr geschickt an.

Oft waren die Zwillinge bei Wolfs Schwester Mirjam. Sie spritzte sich den letzten Dreck, und auf das

Besteck achtete sie auch nicht. Ihre Arme sahen aus wie die einer Aussätzigen. Utan zweigte für sie vom guten Stoff ab.

»Du musst aber weniger nehmen«, sagte er. »Sonst gehst du drauf.«

Mirjam spritzte sich, und Utan kümmerte sich derweil um ihre Tochter Samira. Er half ihr beim Abmalen der Buchstaben, und er kümmerte sich auch um Poppele, das noch keinen Namen hatte. Er tupfte Salbe auf den Ausschlag und kämmte mit seiner Zahnbürste den Schorf vom Köpfchen. Er war berühmt für seine Geduld und seine Freigebigkeit. Junkies, sagt man, sind geizig. Utan war großzügig. Er wusste nicht, wer Samiras Vater war, er wusste nicht, wer Poppeles Vater war. Er wusste, Wolf war der Ersatzvater für beide. Und ich, dachte er, ich könnte der Ersatz für den Ersatzvater sein. Er wollte sein Bestes geben. Für Samira, für Poppele, für die Familie.

Ausflug ins Grüne II

Der Inspektor sagte. – Er weiß, dass ein Kind den Mord begangen hat. Die Schwester nämlich. Er fragte, was er tun soll. Elvira erkundigte sich nach den Beweisen. Die werden gefunden werden, sagte der Inspektor, er weiß es, das genügt. Dass einem Kind, sagte Elvira, doch nichts passieren wird. Man wird es aus der Familie nehmen. Das ist gut. Heutzutage wird behutsam umgegangen. Sie hat ihr Brüderchen getötet. Von Mord kann doch nicht die Rede sein bei einem Kind. Er: Wie bitte? Was ist Mord? Mord ist eine absichtliche, geplante Tötung. Samira hat absichtlich und geplant ihren Bruder getötet. Sie: Man soll doch in diesem Zusammenhang lieber Brüderchen als Bruder sagen. Er: Weil es dann wie im Märchen klingt? Weil dann alles gut wird? Automatisch? Alles wird gut, sicher wird alles gut, bestimmt wird alles gut? Sie: Weil das Wort »Bruder« so groß ist, als hätte ein Kampf stattgefunden, viel Gewalt und Blut. Er: Das spielt alles keine Rolle. Ein Säugling ist ein Mensch und kein Menschlein, und ein Mord an einem Säugling ist ein Mord und kein Mordlein. Und Absicht ist Absicht. Sie: Aber sie ist vor dem Gericht doch nicht schuldfähig. Er: Nein, das ist sie nicht. Sie: Also, wo ist das Problem? Man bringt sie in ein Heim. Die Mutter ist nicht zurechnungsfähig. Von Drogen wird man dumm. Heute sind die Heime nicht mehr so wie zur Zeit von Oliver Twist. Im Heim wird sie es besser haben. Sie wird ganz normal aufwachsen können. Oder fast normal. Er: Nein, das wird sie nicht. Auch nicht fast normal. Ihre Tat wird vermerkt. Die wird niemals mehr gelöscht. Jeder, der es wissen will, wird es erfahren. Zu jeder Zeit in ihrem Leben. Sie selbst kann nicht vergessen, weil rundherum nicht vergessen wird. Sie wird in ein anderes Land ziehen, sie wird den Kontakt zu ihrer Mutter abbrechen, sie wird den Kontakt zu ihrem Onkel abbrechen, aber die Polizei wird sich immer an sie erinnern. Auch wenn ihre Mutter ihr vergeben wird, auch wenn ihr Onkel ihr vergeben wird, die Polizei wird ihr nicht vergeben. Sie: Warum denn nicht? Warum seid ihr so? Er: Weil wir Computer haben.

»Was muss geschehen?«, fragte Elvira.

»Ich weiß nur, was nicht geschehen darf«, antwortete Swini.

Wenn sie offiziell nicht als Mörderin überführt wird, dann weiß nur sie es. Vielleicht weiß es der Inspektor noch. Vielleicht weiß es noch ihr Onkel. Vielleicht weiß es noch die Freundin des Inspektors. Die drei aber werden den Mund halten. Dafür kann man die Hand ins Feuer legen. Sie selbst wird denken, nur sie weiß es. Und sie wird es sich verzeihen. Und irgendwann wird sie es vergessen. Sie wird glauben, was die Polizei glaubt. – Aber!

»Was aber?«, fragte Elvira.

»Die Polizei kann nicht zur Tagesordnung übergehen, wenn ein Kind ermordet und in einen Baum gehängt wird«, sagte Swini. »Ich muss einen Mörder finden, den ich vorweisen kann, verstehst du das?«

»Das ist dein Beruf«, sagte Elvira. »Ich verstehe es, ja, natürlich.«

»Du verstehst es nicht«, sagte Swini.

»Man muss einen Sündenbock finden«, sagte Elvira. »Den man vorweisen kann.«

»Den ich vorweisen kann.«

»Ich sage lieber: man.«

»Würde ich auch lieber sagen.«

»Jedes Unglück hat einen Auslöser. Ist es nicht so? Du bist der Experte.«

»Ich bin der Experte.«

»Ist das böse gedacht von mir?«, fragte Elvira.

»Du bist halt böse«, sagte Swini.

»Andere auch«, sagte Elvira.

»Ich auch«, sagte der Inspektor.

Als sie die Sachen schon zusammengepackt hatten, es war kühl geworden, setzten sie sich auf einen umgestürzten Baumstamm, weil in ihrem Leben so lange kein umgestürzter Baumstamm vorgekommen war.

»Scheißhennen!«

Wenn man einen Weg geht, und der Weg führt nach unten, wo keine Sonne scheint, oder gleich in den Tod, dann treten Gespenster auf, und die stehen entlang des Weges und haben einem etwas mitzuteilen.

»Erzähl ruhig, Samira, erzähl mir alles«, wird der Inspektor sagen. Er hat sie nicht auf seine Dienststelle geladen. Er hat sie zu einem Eis eingeladen – einem »herbstlichen Eis«. Es ist ja noch warm, fast wie im Sommer, und Samira war noch nie im vornehmen *Café Mozart*. »Fang von vorne an, wenn du willst«, wird er sagen. »Erzähl zweimal das Gleiche, wenn du willst. Wenn du willst, erfinde etwas. Achte nicht auf mich. Achte nicht auf die Wahrheit«, wird er sagen. »Die Wahrheit wird überschätzt. Nur die größten Lügner reden dauernd von der Wahrheit.«

Dann war da noch die Mitschülerin. Die in der ersten Bank saß. Die ausgelacht wurde, weil sie einen Sprachfehler hatte. Ihre Zunge war gerade um ein kleines Stückchen zu lang. Ganz egal, wie sie sich bemühte, die Zunge stieß immer an den oberen Vorderzähnen an. Obendrein waren die oberen Vorderzähne Hasenzähne. Deshalb meinten viele, sie redet so wegen der Zähne. Aber sie redete so wegen der

Zunge. Die Mitschülerin hieß Natalie. Wegen dem blöden Magistrat war sie in Samiras Schule. Und weil ihre Eltern sich nicht rechtzeitig darum gekümmert hatten. Das wollten sie im nächsten Schuljahr nachholen. Samiras Schule war keine gute Schule. Das meinten Natalies Eltern, und nicht nur Natalies Eltern meinten das. Und Samiras Siedlung war keine gute Siedlung. Dort kurvten zu viele Polizeiautos herum. Sonne gab's dort nicht. Natalies Eltern waren erst vor einem halben Jahr in die Stadt gekommen. Sie redeten komisch. Sie redeten, als ob sie Schweizer wären. Aber sie waren keine Schweizer. Wenn sie mit Natalie redeten, verstand Samira nicht ein Wort. Und wenn Natalie mit ihrem Bruder redete, verstand Samira auch kein Wort. Auch Natalie hatte einen Onkel. Aber alle wussten, der war nicht ihr Onkel. Er war der Freund von Natalies Mutter. Natalies Vater war vor kurzem von Natalies Mutter davongejagt worden. Natalie wollte mit ihrem sogenannten Onkel angeben. Er wartete vor der Schule auf sie. Er hatte sehr schmale Augen und eine sehr dicke Brille. Der Onkel hatte ihr versprochen, wenn sie groß ist, werde er viel Geld dafür bezahlen, dass man ihr das Stückchen Zunge schmerzlos wegschneidet. Sie muss nicht einmal über Nacht im Spital bleiben. Sie geht einfach hin, der beste Doktor macht es, und sie geht einfach wieder nach Hause. Gerade einen Tag lang darf sie nichts reden und eine

Woche lang nichts Scharfes essen. Und mit den Hasenzähnen wird ähnlich verfahren.

Natalie wollte Samiras Freundin werden.

»Du bist so stark.«

An diesem Tag hatte Samira so einen Blick.

»Sie kann sich vorstellen, wie die Leute in dreißig Jahren aussehen«, wird der Inspektor später ihrem Onkel Wolf erzählen. »Sie konnte im Gesicht ihrer Mitschülerin Natalie sehen, dass aus ihr eine vornehme Dame ohne Sprachfehler werden wird und ohne Hasenzähne. Das hat sie mir gesagt.«

Wolf wird fragen: »Was für einen Blick? So einen Blick soll das Kind gehabt haben? Was reden Sie da! Was wissen Sie über Samira, was ich nicht weiß? Sagen Sie es mir! Ich bin Ihr Erziehungsberechtigter.«

»Das sind Sie nicht«, wird der Inspektor sagen. »Ich habe mich erkundigt.«

»Nicht vor Gericht vielleicht«, wird Wolf zugeben, »nicht vor Gericht, aber im Herzen.«

»Das ist viel«, wird der Inspektor sagen. »Deshalb müssen wir zusammenhalten, Sie und ich. Ist Ihnen manchmal langweilig?«

»Oft.«

»Mir auch«, wird der Inspektor sagen. »Und was tun Sie dagegen?«

»Es ist zum Verrücktwerden«, wird Wolf klagen

und das Gesicht mit den Händen bedecken. »Was tun Sie dagegen?«

»Ich lese in der Bibel.«

Samira hatte an diesem Tag so einen Blick. »Was willst du hier?«, fragte sie Natalie.

»Dich etwas fragen«, sagte Natalie.

Samira sieht, dass Natalie böse ist. Alle Menschen hier bewundern Wolf. Der kommt mit Geschenken. Er ist der Wohltäter. Der sieht aus wie ein Filmstar. Wenn Streit ist, vermittelt er. Wenn ihm jemand Vorwürfe macht, hört er zu. Die Schwachen wenden sich an ihn. Die Starken bieten ihm ihre Unterstützung an.

»Aber er ist eine Scheißhenne«, sagte Natalie.

»Was ist das?«, fragte Samira. Ihr wurde schlecht. Ihr war, als wehte ihr aus Natalies Mund ein eisiger Wind entgegen.

»Eine Scheißhenne ist ein Angsthase«, sagte Natalie.

»Das habe ich noch nie gehört«, sagte Samira.

»Es ist aber so. Überall sagt man Angsthase. Bei uns sagt man Scheißhenne.«

»Mein Onkel ist keine Henne.«

»Ich habe ja auch nicht gesagt, er ist eine Henne, ich habe gesagt, er ist eine Scheißhenne.«

»Und ein Angsthase ist er auch nicht.«

»Aber eine Scheißhenne.«

»Wer sagt das?«

»Das ist so. Ich habe auch einen Onkel, und mein Onkel war mit ihm beim Militär. Daher weiß er es.«

»Mein Onkel war gar nicht beim Militär«, sagte Samira. »Der hat einen Trick gemacht. Da haben sie ihn wieder gehen lassen. Alle sagen, der Trick war genial.«

»Sie haben beim Militär getan, als ob ein Krieg wäre«, triumphierte Natalie, »und da hat dein Onkel Wolf geweint und in die Hose geschissen vor lauter Angst. Das war sein Trick. Aber es war gar kein Trick. Er hat vor Angst echt in die Hose geschissen. Wie das gestunken hat! Wäh! Darum ist er eine Scheißhenne. Ja, er ist eine Scheißhenne.«

Das war die Mitschülerin Natalie.

Natalie war im Stiegenhaus gestanden. Wie ein Gespenst. Hatte dort auf Samira gewartet. Sie hatte zuerst an der Wohnungstür geklingelt. Mirjam in T-Shirt und Unterhose hat ihr aufgemacht, hat gesagt: »Komm herein, ist mir egal, wer du bist, komm herein, setz dich in die Küche, trink, was du willst, ist mir egal, was du trinkst, kannst hier auf Samira warten.« Aber Natalie wollte nicht hinein in diese Wohnung, sie hat sich vor Hund gefürchtet.

»Das ist ein Familienhund«, hat Mirjam gesagt. »Der ist so lieb, dem kannst du die Hand ins Maul schieben, bis sie hinten wieder herauskommt.«

»Das sind die gefährlichsten Hunde von der

Welt«, hat Natalie gesagt. Das hat ihr der sogenannte Onkel gesagt. Der hat gesagt: »Das sind die Hunde von Scheißhennen. Nur Scheißhennen haben solche Hunde. Weil Scheißhennen Angst haben, haben Scheißhennen solche Hunde.«

»Wenn du meine Freundin wärst«, sagte sie jetzt zu Samira, »dann würde mich nichts an dir stören, und niemand würde sich trauen, mich zu verspotten, weil du stark bist.«

Der Inspektor wird sich von Wolf zu Wurst und Bier einladen lassen. Er zeigt ihm das Leinensäckchen mit den Bibelzitaten.

»Greifen Sie hinein, ziehen Sie einen Zettel heraus! Es tut wirklich gut.«

Es ist Abend. Wind kommt auf. Sie knöpfen ihre Jacke zu und stellen den Kragen auf. Und rauchen. Schauen einander an und nicken.

»Mit zwanzig wollte ich zur Fremdenlegion«, wird Wolf endlich sagen.

»Das ist nicht nötig«, wird der Inspektor antworten.

Lukas 7,32 – Sie sind wie Kinder, die auf dem Marktplatz sitzen und einander zurufen: Wir haben für euch auf der Flöte gespielt und ihr habt nicht getanzt; wir haben Klagelieder gesungen und ihr habt nicht geweint.

Der Fall Dagmar Fuhrich

Jeremia 30,11 – Denn ich bin mit dir – Spruch des Herren –, um dich zu retten. Ja, ich vernichte alle Völker, unter die ich dich zerstreut habe. Nur dich werde ich niemals vernichten; ich züchtige dich mit rechtem Maß, doch ganz ungestraft kann ich dich nicht lassen.

Es war einmal.

Der Inspektor war mit der Straßenbahn gefahren. Er hatte eine dicke Frau beobachtet, Russin, wie er hörte, die mit ihrer Enkelin, wie er annahm, ihm gegenüber saß. Das Mädchen sah blass aus, hatte an der gewölbten Stirn unreine Haut. Wenn sie redete, war sie lebhaft und hübsch. Ihre schwarzen Haare wellten sich am Scheitel, obwohl sie streng zurückgebürstet waren. Eine vom Ballett, schätzte der Inspektor, und ihm fiel ein Kriminalfall ein, an dem sein Vater mitgearbeitet hatte.

Er erinnerte sich an die Zeitungsausschnitte, die sein Vater gesammelt hatte, sie waren in einen dicken Ordner geheftet. Er sah das Mädchen strahlend in Ballettpose, als es noch gelebt hatte.

»Es war ihr sehnlichster Wunsch, einmal Primaballerina zu werden. Kurz vor Beginn der Vorstellung von Wagners *Walküre* erhielt die Polizei die

Verständigung, dass im Duschraum der Damengarderobe die elfjährige Balletteleven Dagmar Fuhrich tot aufgefunden wurde. Der Täter, der das Kind mit 34 Messerstichen ermordet hatte, war entkommen.« In der Garderobe war ihr offener Turnbeutel mit den Ballettschuhen gelegen.

In den folgenden Wochen wurden 14.000 Alibis überprüft und Vernehmungen durchgeführt. Die Nation war in Aufruhr. Mancher wünschte sich wieder den Krieg. Drei Monate später wurden in der Wiener Innenstadt drei Frauen bei Messerattacken verletzt. Als ein Opfer laut um Hilfe schrie, gelang es einem Polizisten, den 33-jährigen Josef Weinwurm festzunehmen. Er war wegen Diebstahls vorbestraft und wurde in langen Verhören als »Opernmörder« überführt.

Als Grund für das Verbrechen gab er an, dass er nach einem Streit mit seiner Mutter aggressiv geworden und in diesem Zustand zur Staatsoper gefahren sei. In dem Gebäude fand er sich gut zurecht, da er bereits des Öfteren unbemerkt in die Damengarderobe geschlichen war. Weinwurm wurde von Psychiatern als »krankhafter Frauenhasser« eingestuft, der zur Tatzeit jedoch voll zurechnungsfähig gewesen sei. Er wurde zu lebenslanger Gefängnisstrafe verurteilt.

Zu Dagmar Fuhrichs Begräbnis am Grinzinger Friedhof kamen 10.000 Menschen, unter ihnen

Herbert von Karajan, der als Direktor der Wiener Staatsoper sein Beileid aussprach: »Dagmar war ein heiteres, gutmütiges und ehrgeiziges Mädchen.«

Die Familie hat sich nie von dem Schock erholt. »Der Täter hat nicht nur Dagmar ermordet«, erklärte ihre Schwester nach Jahren einem Reporter, »sondern meine ganze Familie. Sowohl meine Mutter als auch meine Großmutter unternahmen Selbstmordversuche.«

Jeremia 30,16–17 – Doch alle, die dich fraßen, werden gefressen, alle deine Bedränger ziehen als Gefangene fort; wer dich ausplünderte, wird ausgeplündert, wer dich beraubte, den gebe ich dem Raub preis. Denn ich lasse dich genesen und heile dich von deinen Wunden, weil man dich die Verstoßene genannt hat, nach der niemand fragt.

Der Inspektor machte sich bereit, als er sah, dass die beiden aussteigen wollten. Vor der Staatsoper verabschiedete sich die Großmutter von dem Mädchen. Sie hatte zuvor auf sie eingeredet, leise, dann laut, und das Mädchen hatte genickt, hatte sich vier Mal küssen lassen: auf die Stirn, um die Sorgen wegzuwischen, auf die Augen, um die Unruhe wegzunehmen, auf die Lippen, um die Hitze zu kühlen, auf die Schläfe, um die Erinnerung zu löschen. Was für eine Erinnerung?

Das Mädchen ging eilig zum Seiteneingang, ihren Beutel über der Schulter. Der Inspektor zog den Hut tief in die Stirn und folgte ihr. Bevor sie die Tür öffnete, drehte sie sich um, machte einen Schritt zurück und sagte:

»Warum verfolgen Sie mich? Ich werde den Portier benachrichtigen.«

Der Inspektor wartete, bis der Portier heraustrat. Die beiden sahen einander in die Augen. Der Inspektor nickte und trat mit einer Selbstverständlichkeit durch die Tür, dass der Portier keine Fragen stellte. So etwas lernt man in der Polizeischule.

Er ging zu den Garderoben, und als dort alles still war, inspizierte er die Beutel an den Haken. Da hing auch der Beutel der kleinen Russin. Ganz ungestraft wird er sie nicht lassen, dachte er, ganz ungestraft wird er sie nicht lassen, ganz ungestraft wird er sie nicht lassen. Er machte kehrt, lief die Treppen hinunter, und als er wieder an der Luft war, übergab er sich auf den Gehsteig.

Jeremia 30, 24 – Der glühende Zorn des Herrn hört nicht auf, bis er die Pläne seines Herzens ausgeführt und vollbracht hat.

Die Mumie

Mirjam öffnete Samira die Tür. Sie trug das Häkelkleid mit dem tiefen Ausschnitt. Sie war geschminkt und roch nach Chanel, Internistenparfüm.

»Wolf ist schon weg. Er konnte nicht so lange warten«, sagte sie und putzte mit ihrer Zunge an den Zähnen herum, weil das aussah, als ob ihr alles scheißegal wäre, und so sollte es aussehen. »Warum kommst du erst jetzt? Er hat gewartet, bis er gesagt hat, dass er nicht mehr wartet, dann hat er nicht mehr gewartet und ist gegangen.«

»Stimmt nicht«, sagte Samira.

»Stimmt wohl«, sagte Mirjam.

Samira spritzten die Tränen aus den Augen. Sie bekam Oberluft, atmete schnell und schneller, Mirjam blies ihr den Rauch der Zigarette ins Gesicht, genau in den Mund hinein, versuchte sie zu blasen, damit sie nicht hyperventilierte, war alles schon dagewesen, jedes Mal ein irrer Stress. Tatsächlich spritzten die Tränen. Hund roch Samiras Schmerz. Alle Feinheiten des Schmerzes roch er. Zorn war dabei, dann die messerscharfe Bitternis des vergessenen Kindes, die lauernde Sinnlosigkeit, die Verlassenheit, die nach Süßlichem roch, keine Liebe wie Galle. Hund schmeichelte um Samiras Beine. Aus der Küche hörte sie Orang mit dem Geschirr klappern.

»Warum hat er denn nicht auf mich gewartet?«, fragte sie, und so kläglich war ihre Stimme, dass Hund bellte, was er nie tat. Wenn Wolf nicht da sei, wolle sie nichts essen, sagte sie. Utan lag seitlich auf dem Dreckwäschehaufen, sein Gesicht Poppele zugewandt. Hund tappte auf seinen krummen kurzen Muskelbeinen davon.

Da brach Samira zusammen.

In die Knie ging sie wie eine niedergehauene Boxerin, und sie tat nicht nur so.

Dann aber! Dann wurde die Tür zu ihrem Zimmer aufgestoßen, und die Mumie stand da. Groß stand sie da, breitbeinig, in Weißem eingewickelt von den Füßen bis zum Kopf. Im Gegenlicht stand sie, den Kopf von unten innen angestrahlt, die Augen schwarze Batzen, beim Herz rot wie Blut. Es war die Idee von Utan gewesen. Er hatte Wolf in zehn Rollen Klopapier gewickelt, hatte die Augen der Mumie gemalt und das Herz. Die Mumie stakste durch die Wohnung, bis alles Papier von ihr abgefallen war und Wolf dastand, die Taschenlampe um den Hals gehängt, Lichtkegel nach oben. Er hob Samira hoch.

»Mein Mädchen«, sagte er. »Von wem bist du die Liebste?«

»Von dir«, sagte sie.

»Und von wem noch?«, fragte Mirjam.

»Von dir.«

»Und von wem noch?«, fragte Orang.

»Von dir.«

»Und von wem noch?«, fragte Utan.

»Von dir.«

Poppele und Hund konnten nicht wie Menschen reden.

Das war ein Spaß! Sie lachten, bis ihnen die Bäuche wehtaten und Mirjam befahl, den Dreck wegzuräumen. Sie hatte den Tisch sehr hübsch gedeckt, weiß, und an jeden Teller hatte sie ein Efeublatt gelegt. Orang haute die Steaks in die Pfanne, teilte die Guacamole aus, prüfte die belgischen Pommes im Rohr und rührte die Salatsauce an. Es gab Wein zu trinken, für Samira verdünnt. Utan schlürfte seinen Kamillentee. Sie tranken auf Samira. Poppele schrie und wurde ins Netz gehängt, und ab und zu gab ihm Wolf einen Schlenker. Hund fraß sein Steak ohne Pommes und Salat, Orang hatte Schokobruch mitgebracht, den schlang Hund dem Steak hinterher.

Blinkende Turnschuhe, wenn man auftrat, glitzerten sie. Boxhandschuhe und einen Schlagsack. Wolf führte Samira den Schlagsack vor. Schichten-Gel-Polsterung mit dickem Schaum – das Beste, was zu kriegen war. Unsinn von Mama. Ein Zwanziger von Orang, ein Zwanziger von Utan. Poppele und Hund konnten nicht wie Menschen schenken.

Überdosis

Ich weiß nicht, woran ich gestorben bin. Ich weiß nicht, was tödlich ist. Ich bin in derselben Nacht gestorben, in der meine Mutter fast gestorben wäre. Ich habe die ganze Zeit geschrien. Es hat aus meinem Mund herausgeschrien. Man konnte nichts dagegen tun. Ich meine damit, niemand konnte dagegen etwas tun. Die Familie nicht, ich nicht. Ich lag auf der Decke. Die nach allem roch, was ich kannte. Die nach allem roch, was ich gern hatte. Ich lag auf dem Rücken und schrie. Meine Schwester hat mich hochgehoben und herumgetragen. Das hat aber nichts genützt. Ich hatte Schmerzen. Ich denke, das ist der richtige Ausdruck. Obwohl ich nicht sagen kann, was ich damit meine. Ich möchte auch nicht darüber nachdenken. Das bringt nichts. Meine Schwester hat mich in der Wohnung herumgetragen. Sie konnte mich aber nicht beruhigen. Sie konnte mich nicht ablenken. Und hat mich schließlich auf den Boden gelegt. Aber nicht auf die Decke hat sie mich gelegt. Sondern auf ein Kissen. Das hat sie gut gemeint. Sie hatte Geburtstag und dachte, da soll ich es auch gut haben. Deshalb hat sie ihr Kissen aus ihrem Zimmer geholt und hat mich auf ihr Kissen gelegt. Das war sehr aufmerksam von ihr. Aber genützt hat es nichts. Ich habe weiter geschrien. Es hätte Möglichkeiten gegeben, mich abzulenken. Ein Geräusch, das ich noch nie gehört habe, zum Beispiel. Eine Bewegung, die ich noch nicht kannte, ein anderes Beispiel. Die beste Methode hätte darin bestanden, mich zum Lachen zu bringen. Im Alter von drei Wochen, sagen manche, gebe es noch kein Lachen beim Menschen. Weil es in diesem Alter noch nichts zum Lachen gibt. Sie meinen, in diesem Alter ist der Mensch noch voll Sehnsucht nach dem, was vor seiner Geburt war. Das kann ich nicht beurteilen. Aber ich weiß, ich habe gelacht. Ich habe sogar ziemlich oft gelacht. Hund hat mich oft zum Lachen gebracht. Hund ist hässlich. Er ist sicher der Hässlichste in unserer Familie. Auch wenn ich Orang und Utan zur Familie zähle, die beide nicht schön sind. In einem Zeichentrickfilm, den ich nie sehen werde, wird eine sehr gut aussehende Frau gefragt, warum sie ausgerechnet den lächerlichen Hasen geheiratet hat. Sie antwortet: Er bringt mich zum Lachen. Ja, ja, ich glaube ihr, ich glaube ihr unbedingt. Hund hat mich zum Lachen gebracht. Wenn er mit seiner nassen Zunge über mein Gesicht geleckt hat, habe ich gelacht. Ich habe auch gelacht, wenn er mich zwischen seine Zähne genommen hat. Er war so vorsichtig. An dem Abend, bevor ich starb, hat er mich erst mit seiner Schnauze vom Kissen gerollt, bis ich auf dem Bauch lag, dann hat er mich im Rücken an meinem Hemdchen gepackt und hochgehoben und in den Winkel zu unserer Decke getragen. Das hat mich abgelenkt. Da habe ich gelacht. Vielleicht hat mein Lachen ähnlich geklungen wie mein Schreien, und deshalb hat es niemand bemerkt. Kann schon sein. Ich denke, sie hätten es bemerkt, aber genau in diesem Augenblick ist meine Mutter vom Stuhl gefallen. Mitten in mein Lachen hinein ein dumpfer Schlag. Sie ist nach hinten auf den Teppich gekippt. Ihre Haare sahen aus wie eine Faschingsperücke, wie ein halb skalpierter Indianer sah sie aus. Ihre Beine zuckten. Hund ließ mich los. Er ließ mich vor Schreck auf den Boden fallen. Und da habe ich aufgehört zu weinen. Das habe ich vorhin gemeint: eine Bewegung, die ich noch nicht kannte. Hund hat mich noch nie fallen lassen. Da lag ich, und knapp neben mir war das Gesicht meiner Mutter. Die Augen verdreht. Einen Moment war es ganz still in der Wohnung. Dann kniete sich Orang neben meine Mutter und griff ihr in den Mund hinein und sagte, die Atemwege sind frei. Er drückte auf ihre Brust, mit seinem ganzen Gewicht, immer wieder, dann blies er Luft in ihren Mund hinein. Und ich fing wieder an zu schreien. Es schrie aus mir heraus. Noch lauter als vorher. Hund rannte hin und her und schob mich mit seiner Nase aus dem Weg und drehte mich auf die Seite, sodass ich alles sehen konnte. Wolf saß da, und seine Hände zitterten. Er schüttelte den Kopf, das war nicht normal, so sehr schüttelte er den Kopf, immer wilder schüttelte er den Kopf. Utan hat nun auch angefangen zu schreien, er hat sich die Hände an die Ohren gehalten und hat geschrien: Aufhören! Aufhören! Aufhören! Er ist aufgesprungen und zum Klo gerannt und hat sich eingesperrt, und wir haben ihn kotzen und heulen hören. Orang hat Wolf angeschrien, er soll die Rettung rufen, auf der Stelle soll er die Rettung rufen, sonst gehe meine Mutter hops. Aber Wolf hat nichts anderes gemacht, als dazusitzen und den Kopf zu schütteln, wie ein Verrückter. Aus seinem Mund sind ebenfalls Töne gekommen. Diese Töne haben mich abgelenkt. Wie ich sagte: ein Geräusch, das ich noch nie gehört habe. Noch nie habe ich einen Menschen gehört, der solche Geräusche von sich gegeben hat. Er hat wirklich geheult wie ein Wolf. Er hat aufgehört, den Kopf zu schütteln, und hat stattdessen den Kopf zurückgeworfen und geheult wie ein Wolf. Da habe ich nicht mehr geschrien. Ich konnte Wolf gut verstehen. Wahrscheinlich hat es auch so aus ihm herausgeheult, dass er sich dagegen gar nicht wehren konnte. Aber die Rettung hat er nicht angerufen. Auch nicht, als ihn Orang geschüttelt und angeschrien hat. Ob Kokain in der Wohnung ist, hat er geschrien. Man muss ihr Kokain geben, damit sie wiederkommt, hat er geschrien. Hat mit den Händen an die Klotür geschlagen und Utan angeschrien, er soll mit dem Kokain herausrücken, sonst geht Mirjam hops. Utan im Klo hat nur geheult. Ich bin schuld, hat er geheult, ich bin schuld, ich bin schuld. Alle haben geschrien oder geheult. Nein, alle nicht. Meine Mutter nicht. Die war blau im Gesicht. Und meine Schwester hat auch nicht geschrien und auch nicht geheult. Meine Schwester stand in der Mitte von allem. Die Hände hat sie vor sich hingehalten und dabei mit den Fingern gespielt. Und hat sich alles angesehen. Die ganze versiffte Welt um uns herum hat sie sich angeschaut. Als ob da etwas zu machen wäre. Ich kannte sie gut, niemanden aus unserer Familie kannte ich so gut wie meine Schwester, am besten kannte ich Samira, dann Hund, dann Utan, dann Orang, dann lang niemanden, dann meine Mutter und zuletzt Wolf. Wolf ist nie mit mir spazieren gegangen. Meine Mutter auch nicht. Aber die hat mich manchmal zu sich ins Bett genommen. Utan hat oft mit mir und Hund gespielt, hat mich und Hund auf den Rücken gelegt und am Boden gerollt, mich mit der einen Hand, Hund mit der anderen Hand. Er ist auch manchmal mit mir spazieren gegangen, er ist schnell gegangen und gleich wieder nach Hause, er war immer nervös. Orang hat mich gefüttert, das hat er oft gemacht, das konnte niemand so gut wie er. Nicht zu viel auf den Löffel, nicht zu wenig. Für das Spazierengehen aber war Samira zuständig. Also habe ich ihr Gesicht öfter gesehen als die Gesichter der anderen. Ich kannte ihr Gesicht gut. An dem Abend vor meinem Tod hatte sie ein anderes Gesicht als sonst. Ich glaube nicht, dass es mit ihrem Geburtstag zu tun hatte. Sie hat geschaut, als würde sie alles um uns herum, die ganze versiffte Welt, zum ersten Mal in ihrem Leben sehen. Sie stand da und rührte sich nicht. Orang hat ein Handy gesucht, hat nun auch Samira angeschrien, ob sie weiß, wo in dem Saustall irgendwo ein Handy ist. Er hat dann eines gefunden und die Rettung gerufen. Die war auch gleich da. Man hat meine Mutter mitgenommen. Ich habe sie nicht mehr gesehen. Ich bin gestorben. Ich weiß nicht woran.

Swini, du bist ein Schwindler!

Swini machte sich auf den Weg. Zog Mantel und Mütze an und derbe Schuhe. Steckte sich zwei Zigaretten in die Tasche zur Bibel und dem Leinensäckchen.

Ihre Kollegen, Herr Inspektor, wissen über Sie Bescheid. Die älteren unter ihnen wissen auch, wie Sie sich damals das Kokain beschafft haben. Sie wissen auch noch genau, wie viel es war. Viel war es. Sie schätzen, dass Sie nicht in Versuchung geraten sind, damit ein Geschäft zu machen. Andererseits bedauern sie, dass Sie es für sich verwendet haben. Und sich fast ruiniert hätten damit. Den jüngeren Kollegen haben sie nichts davon erzählt. Die jüngeren Kollegen meinen, sie halten es nur mit dem Schnaps, Herr Inspektor. Alle wissen, dass Sie wieder trinken. Die Jüngeren fragen: War er immer ein bisschen verrückt? Die Älteren sagen: Ja, immer, aber nur ein bisschen. Er denkt an die frei herumlaufenden Mörder, er sieht sie vor sich, Wein trinkend, ohne schlechtes Gewissen, Wein saufend. Aber die, die er meint, die waren keine Mörder, sie haben ja nicht gewusst, dass Kinder im Gebüsch waren, sie dachten, es seien Wildschweine, und haben geschossen. Schießen tut so gut. Dass sie davongelaufen sind, das war schändlich, aber Mörder waren sie keine. Swini war der Meinung gewesen, wären die Kinder blond und hellhäutig und gut angezogen gewesen, die Herren Jäger wären nicht davongelaufen. Und wer sagt, dass sie gelaufen sind? Vielleicht sind sie einfach weggegangen, haben mit der Schulter gezuckt. Zigeuner! Vor toten Zigeunern rennt man nicht davon. Es sei doch egal, ob es sich um Romakinder handelt, hielt ihm ein Kollege vor, Kinder seien Kinder. Es sei eben nicht egal, sagte Swini. Dir ist es doch auch egal, sagte der Kollege, dir geht es doch um etwas anderes. Um was geht es mir, schrie ihn Swini an, um was, bitte, geht es mir!

Sie haben den toten Kindern nicht zur Gerechtigkeit verhelfen können, Herr Inspektor. Auch diesen toten Kindern nicht. Beim Verhör hätten Sie härter gegen die Jäger vorgehen sollen. Einer der beiden hat mit der Hand gefuchtelt. Erinnern Sie sich? Warum haben Sie das nicht als Widersetzung interpretiert, als versuchte Gewaltanwendung, als Drohung? Dann hätten Sie ihm Handschellen anlegen und ihm bei dieser Gelegenheit den Arm auskugeln können. Hätten an diesem eine Rache üben können für die Kinder. Symbolisch, Herr Inspektor, symbolisch! Niemand hätte Ihnen etwas vorgeworfen. Auch eine symbolische Genugtuung ist eine Genugtuung. Außerdem: Wenn ein Verdacht auf einen der beiden gefallen wäre, dann hätte es vielleicht doch eine Verhandlung gegeben. Wenigstens eine Verhandlung. So ist gar nichts gewesen. Die beiden haben sogar Mitleid erregt. Einer war ein Familienvater, ein junger. Dass er davongelaufen war, hat man ihm als Schock ausgelegt. Das hat für ihn gesprochen.

Wenn Swini an seinen ruhigen, verständnisvollen Ton während der Befragung dachte, dann hätte er sich selbst gern mit beiden Händen in den Mund gegriffen und den Kopf auseinandergerissen. An den Abenden war er spazieren gegangen. In der Gegend, wo einer der beiden wohnte. Der, der sich das Grinsen nicht hatte verkneifen können. Swini hatte einen Schlagring bei sich gehabt, ein anderes Mal einen Elektroschocker, einmal seine Dienstwaffe. Er hoffte so sehr! Noch ein Jahr später hatte eine Kollegin zu ihm gesagt: »Du kannst die Kinder nicht lebendig machen!« Und er hatte tatsächlich nicht gewusst, was sie meinte. Ja, ein paar Minuten lang hatte er nicht gewusst, was sie meinte. »Wen?«, hatte er gefragt.

Der Inspektor machte sich auf den Weg zum Friedhof. Er sah sich das Grab an, auf dem so viele Lichter brannten. Er sah sich die Stelle an, wo die Thuja gestanden war. Gleich hinter dem Friedhof wuchs der Wald empor. Der Inspektor setzte sich zwischen zwei Fichten und schaute hinunter zu den Gräbern.

Hosea 13,14 – Aus der Gewalt der Unterwelt sollte ich sie befreien? Vom Tod sollte ich sie erlösen? Tod, wo sind deine Seuchen? Unterwelt, wo ist dein Stachel? Meine Augen kennen kein Mitleid.

Bei seiner Einvernahme bezeugte und kommentierte Otmar Spirig folgende Szene, die sich vor dem »Unglück« – sein Wort – zugetragen haben soll:

Mutter (Mirjam Zubromawi): Es geht doch nicht nur darum, dass etwas von dem Gift in mein Blut kommt.

Tochter (Samira Zubromawi): Mama, lass den Scheiß, bitte!

Mutter: Es geht auch ums Stechen.

Tochter: Ich will das nicht sehen, Mama! Ich will das nicht wissen!

Mutter: Vor allem geht's ums Stechen.

Otmar Spirigs Kommentar: Einmal hat einer zu Mirjam gesagt, deine Stimme ist wie die von Amy Winehouse. Sie ist dafür mit ihm ins Bett gegangen. Von da an wollte sie aussehen wie Amy Winehouse. Viel Schminke im Gesicht. Sie wollte riechen wie Amy Winehouse. Sie wollte sein wie Amy Winehouse. Nur sterben wollte sie nicht wie Amy Winehouse.

Hiob 3,17 – Dort hören Frevler auf zu toben, dort ruhen aus, deren Kraft erschöpft ist.

Otmar Spirig bezeugte auch folgende Szene: Mirjam Zubromawi träufelte dem Baby drei Tropfen von dem Methadon in die kleine Mundöffnung. Sie zog ihm die nassen Sachen aus, nahm es ins Bad, drehte die Brause auf und ließ lauwarmes Wasser über den verkrampften Körper laufen. Sie suchte Jäckchen und Höschen. Der Krampf löste sich. Das Kind atmete ganz ruhig. Es hat dem Kind gut getan.

Sprüche 1, 17–18 – Umsonst wird das Netz ausgespannt vor den Augen aller Vögel; sie aber lauern auf ihr eigenes Blut, sie trachten sich selbst nach dem Leben.

Karl Spirig, Otmar Spirigs Zwillingsbruder, genannt Utan, mehrfach vorbestraft wegen Diebstahls, Drogenbesitzes und Drogenhandels, zur Zeit arbeitslos, gab bei seiner Einvernahme zu, dass er der Mirjam Zubromawi an diesem Tag ein Briefchen Heroin gegeben habe, quasi als Geschenk zum Geburtstag ihrer Tochter. Es sei ein guter Stoff gewesen. Eben wahrscheinlich ein zu guter Stoff. Sie habe ihm geschworen, dass sie das Methadon noch nicht genommen habe. Dann aber habe sich herausgestellt, dass sie es doch genommen hatte.

Ob er dem Baby manchmal einen Tropfen von dem Methadon gegeben habe, fragte der Inspektor.

Habe er, gab Karl Spirig zu. Deshalb sei er schuld.

Ob andere dem Baby auch manchmal einen Tropfen von dem Methadon gegeben hätten. Ob er davon wisse.

Davon wisse er nicht.

»Sie lügen«, sagte der Inspektor. »Aber das macht nichts.«

Hiob 7, 13–15 – Sagte ich: Mein Lager soll mich trösten, mein Bett trage das Leid mit mir!, so quältest du mich mit Träumen und mit Gesichten jagtest du mich in Angst. Erwürgt zu werden, zöge ich vor, den Tod diesem Totengerippe.

Swini lehnte sich an den Stamm der Fichte und schlief ein. Und schlief tief. Sein Federbett lag wie ein Gebirge über ihm. Bald vernahm er die Stimme, auf die er gewartet hatte: Swini, du bist ein Schwindler, du gehörst nicht in unsere aufrichtige und ehrliche Welt, du verdienst keinen Freund, nein, nicht einmal einen aus Sägemehl. Den Spruch hatte sein Vater erfunden, gut gemeint, lieb gemeint. Der Freund aus Sägemehl, den Swini im Schlaf an sich gedrückt hatte, lag längst in einem fremden Kinderbett, ach, längst auf dem Müll, oder war gar nicht mehr. Vor ein paar Tagen hatte er seine Mutter besucht, war nicht freundlich zu ihr gewesen. Ich werde nicht weinen, wenn sie stirbt, es wird mir nur lästig sein, hatte er gedacht. Seit dem Fall mit den beiden Romakindern fand ihn seine Mutter seltsam. Er war ihr fremd. Sein Tod würde ihr nur lästig sein.

In einem Asylantenheim hatten zwei Kinder auf

die Rückkehr ihres Vaters gewartet, der wegen der Papiere noch einmal nach Rumänien zurückgefahren war. Die Kinder wussten nicht, wo Rumänien ist, und wussten nicht, wo sie sind, sie wollten den Vater suchen, schlichen in aller Frühe aus dem Heim, schlichen über ein Feld. Tage später fand ein Traktorfahrer die zwei kleinen Leichen. Die gerichtsmedizinische Untersuchung ergab, dass das Projektil eines Jagdgewehrs den Kopf des Knaben durchschlagen hatte und dann im Kopf des Mädchens stecken geblieben war. Swini fand heraus, dass Jäger in diesem Gebiet auf der Wildschweinpirsch gewesen waren. Dann waren sie abgehauen. Und er fand die Jäger.

Ob er eine Suppe mit ihr esse, hatte ihn seine Mutter gefragt. Sie holte einen Suppeneisklotz aus der Tiefkühltruhe. Ob er einen Blick in die Fotokiste werfen dürfe, fragte er. Seine Mutter war sechsundachtzig Jahre alt und stand schöner aufrecht als er. In ihrem Haar war noch etwas Blondes. Sein Haar war weiß. Er durchwühlte die Kiste, suchte ein Foto von sich, als er fünfzehn war. Das wolle er mitnehmen, sagte er. Er müsse es einer Frau zeigen. Er wolle sehen, ob sie ihn darauf erkenne. Dann beichtete Swini seiner Mutter, dass er Zeuge gewesen war, als Elviras Zwillingsschwester damals im See ertrank. Die Gleichgültigkeit in ihrem Gesicht fand er empörend. Die Suppe trank er aus. Den Löffel rührte er nicht an. Dann ging er.

Otmar Spirig, genannt Orang, Beruf Konditor, vorbestraft wegen Besitzes von Cannabis, hegte, danach befragt, keinen Zweifel daran, dass Samira wusste, wo ihre Mutter das Methadon aufbewahrte. Er war es auch, der den Inspektor zu Samiras Onkel Wolf führte. Dieser zeigte sich von Anfang an kooperativ.

Jesaja 29,20–21 – Denn der Unterdrücker ist nicht mehr da, der Schurke ist erledigt, ausgerottet sind alle, die Böses tun wollen, die andere als Verbrecher verleumden, die dem Richter, der am Tor sitzt, Fallen stellen und den Unschuldigen um sein Recht bringen mit haltlosen Gründen.

Folgende Räubergeschichte hatte der Inspektor Samira erzählt, als sie im *Café Mozart* saßen und ein »herbstliches Eis« aßen: Ein Juwelierladen wurde eröffnet, die Besitzer feierten mit ihren Kunden, sie tranken Champagner und waren lustig und übermütig. Bis in die Morgenstunden dauerte das Fest. Als alles still war, fuhr mit großem Krach ein Lastwagen in das Schaufenster des Juwelierladens, dass die Anrainer aufwachten und die Fenster aufrissen und zuschauten. Sie sahen den Räubern zu und beschimpften sie. Die Polizei wurde verständigt, aber als die Beamten kamen, war alles ausgeraubt, und die Räuber waren verschwunden. Am nächsten Tag fand man im Wald einen schweren Sack, und darin war die Beute. Alles verschmiert mit süßer rosa Creme, die Uhren, die Ringe, die Kettchen, die Anhänger, alles eingetunkt in süße rosa Creme. Auf der Wachstube wurde die Beute von zwei Polizistinnen gewaschen und auf ein trockenes Tuch gelegt. Die Finger der Beamtinnen waren voll süßer rosa Creme, sie schleckten die Finger ab und lobten den Konditor. Er, Swini, rief: Halt! Halt, nicht abschlecken, vielleicht ist das eine Falle! Vielleicht ist Gift in dem Süßen. Aber die Beamtinnen lachten ihn aus. Er sei ein schlechter Mensch, der, weil er ein schlechter Mensch sei, nur Schlechtes denken könne. Wir könnten ganz leicht einen Ring verschwinden lassen, sagte eine Beamtin. Wir könnten ihn einfach mit der Creme hinunterschlucken und dann zu Hause aus der Toilette fischen, putzen und glänzen, ihn in ein Stück Fetzen wickeln und unter die Matratze tun. Und ihn dem nächsten geilen Bock schenken, der es uns endlich richtig besorgt, sagte die andere Kollegin. Swini bestand darauf, dass die Leute vom Labor sich das Süße genauer ansehen. Es stammt von einer Torte mit Zuckerguss, hieß es im Bericht. Es waren keine toxischen Substanzen feststellbar.

Die Geschichte hatte Samira gern. Sie erzählte auch eine. Nämlich die von Orang, dem Konditor, und dessen Zwillingsbruder Utan.

»Was!«, rief Swini aus. »Kann es sein, dass die zwei wie ein Affe heißen?«

»Ich glaube«, sagte Samira, »Orang und Utan haben den Juwelierladen ausgeraubt.«

»Das habe ich auch gerade gedacht«, sagte Swini.

»Und wenn sie es haben?«

»Das ist verjährt«, beruhigte er sie. »Außerdem interessieren mich Räuber nicht. Mich interessieren nur Mörder.«

Swini hatte sich über Samiras Onkel Wolf kundig gemacht. Eine Polizeiakte existierte nicht. Er war unbescholten. Sein richtiger Name lautete Philipp Gromek, er war zweiunddreißig Jahre alt, Gelegenheitsarbeiter.

»Kennst du einen Philipp Gromek?«, fragte er Samira.

»Nie gehört von so einem.«

»Wie heißt deine Mutter?«

»Mirjam.«

»Und weiter?«

»Zubromawi.«

Samira kannte den richtigen Namen ihres Onkels nicht. Das sprach gegen den Onkel. Swini hatte sich bei den Blocks umgehört. Nicht ein schlechtes Wort war über den Wolf gefallen. Samira mochte es übrigens nicht, wenn er »der Wolf« sagte. Ihr Onkel sei kein Tier. Swini hatte nichts gegen Tiere. Und gegen Wölfe erst recht nicht. Wenn er es sich überlegte, wäre er gern ein Wolf gewesen.

Swinis Hüfte schmerzte. Ein Auto parkte unten beim Friedhof, ein Kofferraum wurde aufgemacht. Swini drückte sich an den Stamm der Fichte. Ein Mann hob einen Sack aus dem Kofferraum, öffnete ihn, und alsbald hüpften und rannten kleine Tiere in den Wald. Der Mann schaute ihnen eine Zeit lang nach, pfiff und fuhr dann wieder ab. Es waren Siebenschläfer, sie tollten ins Unterholz.

Swini schüttelte den Leinensack mit den Bibelstellen aus, als wär's Futter. Die kleinen Tiere stürzten sich darauf, fraßen und balgten sich darum. Es gelang Swini, einen zu fassen. Wie ein Eichhörnchen sah der Kerl aus. Er fühlte sich feucht an und roch wie ein Kellerloch.

»Könnte ich dich essen, wenn ich Hunger hätte?«

Swini ließ das Tier laufen und glaubte bereits eine Minute später nicht mehr, dass dies alles geschehen war.

Showdown

Und so trafen Swini und Wolf den Sündenbock.

Jochum hatte Wolf am Telefon gebeten, in seine Praxis zu kommen. Das hatte Wolf abgelehnt. Jochum hatte gesagt, er werde sich unter gar keinen Umständen mit ihm allein treffen. Wolf hatte vorgeschlagen, er werde den Inspektor mitbringen. Da war Jochum still. Dann stimmte er zu. Er könne in Wänden nicht gut reden, sagte Wolf. Was er damit meine, fragte Jochum. Wände, das heiße Stadt, sagte Wolf. Sie verabredeten sich im Freien, mitten im Feld.

»Soll ich etwas mitbringen?«, fragte Jochum.

»Was denn?«, fragte Wolf zurück.

Wolf holte Swini mit seinem Kombi ab. Der Inspektor stand in einem leichten hellen Mantel vor dem Kaffeehaus. Er sah den Hund auf dem Rücksitz. Zu einem Pitbull setze er sich nicht, sagte er. Er habe gedacht, man wolle nur reden. Wolf öffnete die Heckklappe, der Hund sprang sofort nach hinten, Wolf zog das Stahlgitter hoch.

»Er tut nichts«, sagte er. »Aber er wirkt.«

Von weitem schon sahen sie Jochums Wagen im Feld stehen. Er lehnte an der Fahrertür und rauchte. Da hatten sie vergessen, was sie von ihm wollten. Sie wussten nicht, was geschehen musste, sie wussten nur, was nicht geschehen durfte. Das war die Idee ihrer Allianz. Am besten war, wenn gar nichts geschah.

»Wir zeigen ihm den Hund«, sagte Swini, »rauchen eine mit ihm und gehen wieder. Das genügt.«

»Ich glaube auch«, sagte Wolf.

»Und wenn er den Hund nur durch die Scheibe sieht?«, fragte Swini. »Das würde doch auch schon genügen.«

Wolf nickte.

Als sie dann rauchten, zu dritt, einer bot dem anderen eine seiner Zigaretten an, sah ihnen Hund von seinem Gefängnis aus zu.

Mutter und Tochter im Spiegel

Mirjam sang. Sang nichts Bestimmtes. Töne hinauf und Töne hinunter, zum Himmel hinauf, hinauf zu Poppele und hinunter in den Höllenschlund, aus dem es stank bis hinauf zum Scheitel. Einmal hatte sie Jochum gefragt, wie es wäre, wenn sie sich bei *Deutschland sucht den Superstar* anmelden würde, da könnte sie doch nur gewinnen bei all den Flaschen. Jochum hatte aufs Nachtkästchen geschlagen und sich dabei verletzt, so zornig war er über diese Idiotenidee. Er setzte auf Oper. Nicht klein, auf keinen Fall klein. Mailand! New York!

»Was soll ich in so einer großen Stadt«, hatte Mirjam gesagt, »da verlaufe ich mich und finde nicht zurück ins Hotel.«

Sie griff sich an die Stirn und rieb sich die Augen. Ins Haar ließ sich nicht greifen, weil es wie ein Brett war. Sie säbelte mit der Schere an dem verfilzten Busch herum. Das Haar auf dem Boden sah aus wie räudiges Fell von Tieren. Langhaarratten. Je kürzer die Haare waren, umso heller wurden sie. Aschblond. Eine Gemeinheit, nicht einmal eine richtige Farbe war ihr gegeben. Sie zog die Vorhänge beiseite, betrachtete sich im Spiegel. Gut. Die Haut. Die Haut ist ein Phänomen. Gut. Die Augenlider und die dichten Wimpern. Phänomene. Auch ungeschminkt: die reinsten Phänomene.

Sie probierte eine Yogaübung, die ihr Jochum gezeigt hatte: auf einem Bein stehen, die Arme nach oben, die Hände falten. Jetzt beginnt die gute Zeit. Fünf Sekunden hielt sie sich gerade. Bettwäsche ein Jahr lang nicht gewechselt. Ich werde Gesangslehrerin. Ich nehme mir eine Putzfrau. Ich führe ein ordentliches Leben. Staatsoper.

Samira im Pyjama schleppte den Spiegel von der Garderobe in ihr Zimmer, lehnte ihn an die Wand. Zuvor hatte sie Mäntel und Jacken auf einen Haufen geworfen. Die lagen da wie Hadern. Die lagen da wie erlegte Tiere. Sie betrachtete sich.

Ihre Haare standen ab wie Antennen, die dicken Augenbrauen sah sie mit Missmut, die Nase würde irgendwann wie ein Messer vorspringen, den Mund, das weitaus Schönste, fand sie zu üppig, zu dick und zu breit.

Sie griff in den Kasten und fischte unter den T-Shirts ein Foto hervor: ihr Vater. Im Hintergrund eine Gasthaustheke. Er drehte sich um, und im Umdrehen merkte er, dass er fotografiert wird, will gerade lächeln. Das Foto hatte sie bei Mirjam in der Schminkschatulle gefunden und es ihr abgebettelt. Mirjam hatte ihr versichert, dass ihr Vater nicht mehr lebe. »Und, woran gestorben?«, hatte Samira gefragt. Mirjam hatte gesagt: »Krieg.« Ob sie ihn geliebt habe, ob er große Füße gehabt habe, ob er arm gewesen sei oder reich, reiche Eltern gehabt habe oder arme, viele Freunde oder keine, ob er Tiere geliebt habe, ob er viel gereist sei, ob er geraucht habe, ob er auch in einer Band gespielt habe? Mirjam gab schlampige Antworten.

Samira konnte sich nicht darüber beruhigen, dass sie aussah wie ihr Vater und bald noch mehr aussehen würde wie er. Was kam von der Mama? Das Kinn vielleicht? Die Hände? Die Mama kann sich nicht konzentrieren, ich kann mich konzentrieren. Die Mama kann nicht kochen, ich kann kochen. Mama streitet mit jedem, ich mit keinem. Mamas Stimme? Samira trällerte in den Spiegel, versuchte Mamas Lieblingslied: »If you give me your heart …« Ihre Stimme klang klar und fehlerfrei, sie nahm sich vor, Onkel Wolf zu fragen, wie er ihre Gesangsstimme finde. Er wird sagen: »Eins a!« Dann wird sie ihn fragen, ob er der Manager von Konnis Band werden möchte. Wolf wusste, sie wollte Boxerin werden. Eine Boxerin, die singt?

Sie absolvierte ihre Übungen: zehn Liegestützen, zehn Bauchaufzüge, zehn Sit-ups.

Ihren Vater legte sie zurück.

Der Affe

Einmal standen die beiden vor der Siedlung, und Orang sagte zu Utan: »Fällt dir etwas auf?«

Utan fiel nichts auf.

»Schau dir die Siedlung an und sag, was dir dazu einfällt.«

Utan fiel nichts dazu ein.

»Denk nach, was es sein könnte.«

Utan schüttelte den Kopf.

»Ich sage dir«, sagte Orang, »es ist ein Jammer. Erstens, dass du verblödet bist, und zweitens, weil die Siedlung immer im Schatten sein wird.«

Utan nickte.

»Hörst du mir zu, Karl?«

Utan nickte.

»Am Morgen«, fuhr Orang fort, »wird die Sonne vom Berg verdeckt. Ab Mittag stehen sich die Häuser gegenseitig im Weg, weil sie so hirnlos hintereinander gestapelt sind. Und die Sonne kann wieder nicht auf die Siedlung fallen.«

»Sagt man bei der Sonne fallen?«, fragte Utan. »Sagt man nicht eher scheinen, Otmar?«

Sie klingelten bei Mirjam. Niemand öffnete. Sie wollten um die Blocks spazieren, bis Mirjam kam.

»Weißt du«, fragte Utan »dass Steine vom Himmel fallen können? Von außerhalb der Erde auf die Erde drauf fallen können? Hat mir Samira erzählt.«

»Sie will Boxerin werden«, sagte Orang. »Glaubst du, ich sollte mit ihr trainieren, Karl?«

Utan hatte nicht zugehört, er sagte: »Feuerbälle sind das, die kommen mit großer Hitze und großer Geschwindigkeit und verglühen in der Erdatmosphäre.«

»Treffen dich also nicht«, sagte Orang.

»Dich auch nicht, Otmar«, sagte Utan.

»Mich auch nicht«, gab ihm Orang recht.

Unordnung und Friede

Es war einmal ein Baum, der stand auf dem Friedhof. Er war hoch, sein Geäst war dicht. Hört, Kinder, ein Wichtelmann wohnte hinter seinen Blättern! Der kletterte von Ast zu Ast, er baute sich ein Häuschen mit einem kleinen Balkon und einer Leiter. Nachts, wenn niemand mehr auf dem Friedhof war, zündete er in seinem Herd ein Feuer an und briet sich winzige Steaks, dann stieg ein dünner Faden Rauch aus seinem Kamin.

Eines Tages hing im Geäst des Baumes ein totes Baby. Eine Frau fand es, eine Schriftstellerin, die jeden Tag auf den Friedhof ging und manchmal in dem Baum Kerzen versteckte, wenn sie zu viele mitgebracht hatte und sie nicht nach Hause zurücktragen wollte. Das Baby war zusammengebunden und mit einem breiten braunen Klebstreifen umwickelt, es sah aus wie ein Rugbyball, war oval und hart. Das Bündel hing tief unten im Geäst, unter dem Versteck für die Kerzen. Ameisen und Käfer krabbelten darüber, auch Schneckenspuren waren zu erkennen.

Die Frau öffnete das Bündel mit ihrem Taschenmesser. Seit einiger Zeit trug sie ein Messer bei sich, wenn sie das Haus verließ. Sie grub damit Pflanzen aus, die sie in ihrem Garten einsetzte. Sie schnitt damit das Faule aus Äpfeln, wenn sie auf ihrem Weg welche fand. Wehe, es wäre der Frau jemand gefährlich gekommen! Sie hätte sich mit ihrem Messer zu verteidigen gewusst.

Inhalt

Weitere Kampa Bücher stellen wir Ihnen auf den folgenden Seiten vor. Das Gesamtprogramm finden Sie auf:
www.kampaverlag.ch

Wenn Sie zweimal jährlich über unsere Neuerscheinungen informiert werden möchten, schreiben Sie uns bitte an: newsletter@kampaverlag.ch oder Kampa Verlag, Hegibachstrasse 2, 8032 Zürich, Schweiz

KAMPA POCKET

Olga Tokarczuk

Unrast

Roman

Aus dem Polnischen von Esther Kinsky

Eryk hat es in den hohen Norden verschlagen, wo er als Steuermann auf einer kleinen Fähre die immer gleiche Route fährt, bis er irgendwann Kurs aufs offene Meer nimmt. Eine Ich-Erzählerin ist unentwegt auf Wanderschaft – zu Fuß, im Auto, im Flugzeug und sogar in Gedanken. Chopins Schwester, die ihren Bruder abgöttisch geliebt hat, begleitet sein Herz auf eine letzte Reise …

Unrast ist ein Roman über die Sehnsucht, sich in der Welt zu verlieren, ein Roman über das Reisen und dabei selbst wie eine Reise: mit unzähligen Orten und Menschen, die einem ans Herz wachsen, und solchen, die man gerne zurücklässt. Ein Buch voller Bewegungen, Eindrücke, Gedanken und Geschichten, die, wie man bald ahnt, einem geheimen Fahrplan folgen und eine gemeinsame Destination haben.

»Dieser umwerfende Roman ist ein leidenschaftliches Plädoyer für die verbindende Kraft von Geschichten, die Purzelbäume durch Raum und Zeit schlagen.«
The Guardian, London

KAMPA POCKET

Tessa Hadley
Hin und zurück

Roman

Aus dem amerikanischen Englisch
von Brigitte Jakobeit

Vor drei Jahren haben sie sich kennengelernt. Paul, der Schriftsteller, und Cora, die Bibliothekarin. Eine Begegnung mit Folgen. Viel ist seither passiert.

Paul fährt von Wales nach London, um seine Tochter zu suchen, die verschwunden ist. Er will sie retten und merkt nicht, dass sein eigenes Leben aus den Fugen gerät. Cora fährt in die Gegenrichtung, nach Cardiff, zum Haus ihrer Eltern. Sie flüchtet aus ihrer unglücklichen Ehe, aus ihrem Londoner Leben, das sie als einzige Enttäuschung empfindet. Dann bekommt sie einen Anruf: Ihr Mann sei verschwunden. Alles, was gewiss schien, gerät ins Wanken. Wie durch ein Wunder sind sich Paul und Cora einst im Zug begegnet. Doch die lange Reise, die das Leben bedeutet, ist durch ständige Verspätungen und verpasste Anschlüsse bestimmt. Ziel unbekannt.

»Tessa Hadleys Einfühlungsvermögen ist nahezu einmalig.
Sie zählt zu den besten AutorInnen unserer Zeit.«
Chimamanda Ngozi Adichie

KAMPA POCKET

Susan Hill

Stummes Echo

Roman

Aus dem Englischen von Andrea Stumpf

»Was Erinnerung auslösen kann, wenn sie unterschiedlich wahrgenommen wird. Großartig und fesselnd.«
Hessischer Rundfunk

Auf einem Hügel irgendwo im Norden Englands steht ein Haus, vom Wind umtost: der Beacon. Hier sind May, Frank, Colin und Berenice aufgewachsen. Das Leben auf dem Hof war hart, aber die Geschwister hatten es immer gut miteinander. So war es doch, oder? Nur zwei von ihnen ziehen in die Fremde, nach London. May kehrt schon nach ihrem ersten Studienjahr zurück und kümmert sich fortan um ihre Eltern und den Hof. Nur auf dem Beacon fühlt sie sich sicher und geborgen. Frank aber bleibt in der Großstadt, macht Karriere als Journalist und schaut nicht mehr zurück. Bis zu dem Tag, an dem er beschließt, ein Buch über einen Jungen zu schreiben, dessen Kindheit geprägt war von Leid und Gewalt. Und dieser unglückliche Junge war er selbst? Ein Buch über fragile Familienbande und die Brüchigkeit von Erinnerungen, über die unsichtbaren Verletzungen, die uns das Leben zufügt, und die wundersamen Wege, diese zu überwinden.

»Wundervoll und weise. Ein kleines Meisterwerk.«
Daily Telegraph

Wenn Ihnen dieses KAMPA POCKET gefallen hat, gefällt Ihnen vielleicht auch der Lesetipp auf der gegenüberliegenden Seite.

Schicken Sie uns bitte Ihren LIEBLINGSSATZ aus einem Kampa Pocket, bei einer Veröffentlichung auf unseren Social-Media-Kanälen bedanken wir uns mit einem Buchgeschenk: lieblingssatz@kampaverlag.ch